A CRIAÇÃO

SEGUNDO A MITOLOGIA GREGA

contato@sattvaeditora.com.br
www.sattvaeditora.com.br

Editora: **Vivian Lerner**

Revisão: **Olenka Franco**

Projeto gráfico, diagramação
e capa: **Luiz Zonzini**

Tradução diretamente do grego moderno e antigo
pelo autor

Salis, Viktor David
A Criação: segundo a mitologia grega / Viktor David
Salis. - - São Paulo : Sattva Editora, 2017.

ISBN 978-85-67977-11-9

1. Mitologia 2. Psicologia Analítica I. Título

CDD – 150.195 4

VIKTOR D. SALIS

A CRIAÇÃO
SEGUNDO A MITOLOGIA GREGA

SATTVA EDITORA

2017

3ª edição

DEDICATÓRIA

Consagro esta obra:

À memória e glória dos deuses do Olimpo.

À busca da Paidéia no seu eterno ideal de formar "homens obras de arte".

Aos meus alunos, que tanto me ensinam.

À minha mãe, pela sua paciência e infinita compreensão.

À memória de meu pai e de meu irmão.

A Maria Fernanda Seixas Farinha Beirão, mestra imortal.

Viktor D. Salis

SUMÁRIO

PREFÁCIO

I • DO CAOS À CRIAÇÃO: AS ERAS DE URANO E GAIA, KRONOS E REA E ZEUS E HERA. AS ETAPAS DA EVOLUÇÃO CÓSMICA

Nossa tradição relata apenas que Deus fez o mundo em seis dias e no sétimo descansou. Na Teogonia de Hesíodo (séc. VIII a.C.), no entanto, encontramos essa temática muito mais desenvolvida e polemizada. Não vemos uma força divina única que se impõe, mas a história de inúmeras forças divinas - Titânicas - que lentamente lutam contra o Caos, ou contra forças anteriores, para impor a Criação.

As divindades anteriores, substituídas pelas posteriores, não morrem; são imobilizadas no Tártaro (região abissal, próxima do Caos primordial), para que essas forças internas não venham à tona. O desenrolar de "No princípio era o Caos e então fez-se o mundo..." é aqui desenvolvido e explicitado no mais arcaico texto que dispomos, o livro de Hesíodo, A Teogonia - onde são descritas quatro Eras cósmicas e três dinastias divinas que se sucedem. As Eras cósmicas são:

1) A Era de Caos

2) A Era de Urano e Gaia

3) A Era de Kronos e Rea

4) A Era de Zeus e Hera

Destas quatro, as três são dinastias divinas, porque a primeira é ôntica (não representa um esforço em direção à Criação, sendo apenas a possibilidade, ou seja, é o chamado ser possível).

A condição de que "no princípio era o Caos" é admitida em todas as teogonias conhecidas. Mas o que significa essa Era anterior e três dinastias que se sobrepõem? Caos, para o pensamento arcaico, não significa desordem, mas sim o cósmico aglomerado de matéria primordial. É o que torna possível o ser, mas é o abissal, o obscuro do inconsciente universal

- o que antecede o ser. Esta é a matéria primordial que antecede o ser e que tomará forma, e é ela que se tornará um universo ordenado. A primeira dinastia é então a emergência do Caos em direção ao ser, porque o universo torna-se ordenado quando cada potência recebe um nome e uma função (para o pensamento arcaico só se nomeia algo que tem função no plano do ser, uma vez que o nomear é uma função sagrada e concede o direito de existir).

A segunda Era cósmica é a primeira dinastia: Cada potência, ao receber uma função e um nome, passa de potência possível para potência matriz. Já existe uma direção, uma possibilidade - está nomeada - e esta é a característica da passagem da primeira para a segunda Era, e primeira dinastia, que é a de Urano e Gaia.

Em grego, Urano significa céu, o grande céu estrelado, a imensidão cósmica, as possibilidades infinitas do ser. Urano é gerado por Gaia - o imenso seio da Terra. "... É todo o possível, de amplos seios e largas cadeiras" (Hesíodo, A Teogonia). Podemos esquematizar da seguinte forma:

2ª ORDEM CÓSMICA E 1ª DINASTIA	
Urano	Formam o "ovo cósmico"
Eros (*)	
Gaia	

(*) potência, força criadora do universo, princípio motor cósmico.

Urano une-se a Gaia e gera o Ovo Cósmico. Em seu interior nasce "Eros, o princípio motor cósmico". Daí a antiquíssima proibição de se comer ovos na Páscoa - que surge em antagonismo ao costume moderno de comê-los nessa época. Para os egípcios não era permitido comer ovos - o princípio criador- pois significava impedir o seu fluxo, sendo, portanto sacrilégio. Devemos ressaltar que Eros terá papel fundamental na Criação, sendo considerado a mola propulsora dos deuses e dos homens.

A segunda Era cósmica e primeira dinastia: tem como característica o ôntico (o ser das coisas) aprisionado. Observa-se que do possível ao ser um longo caminho deverá ser percorrido. É uma Era que imobiliza a Criação na escuridão abissal e por isso ele aprisiona no Tártaro seus filhos, os

Titãs, que são doze (seis Titãs e seis Titanezas). São estas as forças primordiais, que descrevemos a seguir:

Masculinas	Representação	Femininas	Representação
Okeanos	Líquido	Téthis	Nutriz
Krios	Terra prepotente	Théia	Luminosidade profética
Keos	Desconhecido	Thêmis	Honra, a justiça
Ypérion	Superlativo (sobrenatural)	Mnemosine	Memória do eterno
Yápeto	Espaço golpeado	Febe	Luz terrível do real
Kronos	Temporalidade	Réia ou Rea	Duração

A terceira Era cósmica e a segunda dinastia:

Segundo a tradição, Urano é castrado por seu filho mais jovem, com a ajuda de sua mãe Gaia. Dos órgãos atirados ao mar surgem as Fúrias (vingadoras dos falsos juramentos), e de seu sêmen, Afrodite (a deusa do amor cósmico). Inicia-se uma nova era e a segunda dinastia - de Kronos e Rea - sua irmã mais velha - que tem 6 filhos com ela (três deuses e três deusas).

Masculinas	Representação	Femininas	Representação
Hades	O interior da Terra	Héstia	Lar; o interior do ser
Posseidon	Os mares	Deméter	Fecundidade da terra cultivada
Zeus	O céu; a Terra	Hera	Casamento

É a Era da foice recurva ou do curvo pensar, que representa a temporalidade a nos consumir e o pensamento que, em lugar de criar e construir dá voltas e voltas sem chegar a nada. Em sua obra "Os Trabalhos e os Dias", Hesíodo recomenda ao homem a ética da vida. Ensina como cultivar a boa Éris (a luta construtiva) e afastar a má Éris (a disputa desvairada). Relata os perigos de cair nas malhas de Kronos e por ele ser devorado e alerta ainda para não se deixar cair no curvo pensar. Kronos está no próprio homem; a qualquer momento pode se cair nas malhas da potência contida ou da potência recurva ou ser subjugado por Urano. Pertencer a Zeus (a força criadora) é uma conquista árdua para os mortais. O homem nasce esquecido de seu passado cósmico e deverá, com muita luta, conquistar a era de Zeus. Já na nossa tradição, parece que nascemos prontos, expulsos do Paraíso e pertencemos a um Deus único. Na Teogonia, encontramos o homem pertencendo a todas as eras e perdendo-se em alguma(s) dela(s). É uma outra concepção do humano; um desafio para os homens encontrarem seus deuses e é sua obrigação espiritualizar-se. Sempre correremos o risco de nos perdermos nas cavernas do Tártaro ou nos círculos viciosos do curvo pensar. Assim como foi árduo para os deuses consolidarem a Criação, será também para nós. Nosso inconsciente psicológico é idêntico ao inconsciente cósmico, contendo as mesmas armadilhas e /ou possibilidades. Mais uma vez, Hermes (o deus que nos ajuda a encontrar nosso caminho cósmico) deve ser lembrado aqui, ao enunciar que "o micro cósmico é idêntico ao macro cósmico, e segue as mesmas leis."

A castração de Kronos por seu filho mais jovem leva-nos à quarta Era cósmica e terceira dinastia. É a ascensão de Zeus, que escapa de ser engolido por seu pai, graças a um ardil de sua mãe, Rea. Esta, desesperada por seu esposo engolir os filhos tão logo nasciam, deu-lhe uma pedra envolta em um lençol no lugar de Zeus. O devorar os próprios filhos representa o estágio intermediário da Criação: estes não são jogados no Tártaro, como na era anterior, onde isto significava um impedimento da Criação seguir seu curso, mas são devorados pela temporalidade, que é Kronos. Quer dizer, agora a Criação não é impedida, mas é consumida - daí a representação da foice recurva, pois ela parte mas retorna ceifando, mutilando tudo que tenta expandir-se como Criação. Kronos será castrado e destronado por seu filho mais jovem com a ajuda de sua mãe, Rea. Tem seus genitais atirados no Tártaro; a força recurva deve ser atirada ao Tártaro. É isso que deve ser contido e dominado, mas essa potência recurva deve ser substituída pela força da criação (superação da contenção em direção à expansão). Está inaugurada a Era criadora por excelência.

Zeus é energia criadora que se une com as outras potências parciais e se multiplica. É a potência retilínea, a força da Criação, a flecha, a linha reta do templo, a retidão de caráter (caráter= régua - o ser que foi traçado pela retidão, sendo o oposto do recurvo onde tudo parte e retorna, jamais se expandindo em obra criada).

Mas não basta castrar Kronos e imobilizar seus genitais no Tártaro. Zeus deve vencer a força devoradora da temporalidade, usando a força da Criação. Só assim a consolida e esta é outra chave do pensamento helênico. Kronos, o tempo, não cria - ele só flui à deriva, por isso ele curva-se e não tem a retidão. Aqui está o princípio da imanência - a negação da transcendência e da Criação.

Será Zeus a Era de o retilíneo fluir. Esta é também a fatal destruição do tempo que gera os anos e nos corrói. Será o conúbio entre o temporal e o eterno, e esta será a chave para o ser humano: superar sua condição mortal através de suas criações, imitando assim os deuses. Hesíodo recorda-nos que os homens são mortais e imortais ao mesmo tempo. Temos uma concepção judaico-cristã e achamos que aqui na Terra somos só mortais, esquecendo de nossa parte imortal - a parte divina, que é nossa energia criadora.

Temos, pois, uma parte mortal e outra imortal, e aí está nosso desafio: a superação de nossa mortalidade, para a qual só há uma saída - servir a Zeus e ser criador. A energia criadora, a serviço da vida, é um ato religioso por excelência, e espiritual; mas não é um ato racional como é para a modernidade, muito menos está desvinculado da ética da vida. É a mais elevada e obrigatória das funções que todo homem tem por obrigação atingir, caso contrário ele sequer será visto como tal e não pertencerá à Era de Zeus - será um bárbaro. Não ser criador é não ser helênico, não civilizado, é pertencer à era de Kronos, é ser devorado pela torpe temporalidade.

O homem helênico só se define quando a transcende. Isto ocorre na era de Zeus, e é por isso que representa para os antigos a onisciência e a onipotência. É um erro confundir a onipotência de Zeus e Hera com a força dos demais deuses. Não são doze deuses, mas sim a onipotência de Zeus e Hera mais suas doze manifestações (como Urano e Gaia e os 12 Titãs). Não é um politeísmo no sentido clássico, mas trata-se de que esta potência da criação, para os humanos a alcançarem, terá degraus que serão os deuses e abaixo dos deuses os semideuses e abaixo deles os mortais. Os deuses enviam seus filhos para indicar-lhes caminhos que devem e que não devem ser seguidos; são os Messias.

A partir de Zeus, portanto, esta potência será potência matricial, nem contida, nem devoradora, mas criadora. É energia que se multiplica, é a temporalidade a serviço do eterno. "É o tempo que fabrica o eterno", porque ao criarmos no tempo uma obra, criamos algo imortal (eterno). É no tempo que está a grande lição: cria-se a imortalidade. É este conúbio entre o mortal e o imortal a característica da era de Zeus.

A dinastia de Zeus e Hera será iniciada com a luta chamada "Titanomaquia" (luta entre Titãs), onde Zeus recolhe-se com aqueles que estarão ao seu lado no Olimpo, e os demais ao lado de Kronos no monte Otris. Durante 10 anos (ou séculos, pouco importa), travar-se-á uma enorme luta, que ora penderá para um lado, ora para outro, onde os famosos Centímanos (os gigantes com 100 braços) lutarão a favor de Zeus e conseguirão vencer. Esta é a primeira etapa da manifestação da força da transcendência. É uma longa luta e para manter-se como tal não bastará o poder criador - pois que as forças titânicas estarão sempre se opondo. Zeus aprisiona todos os Titãs vencidos no Tártaro. O exercício da virtude passa a ser a eterna vigilância do vício, que nada mais é do que impedir que nossa energia criadora seja por nos aprisionada nas profundezas de nosso inconsciente ou nas manias e conformismos, que esgotam e ceifam (nós também temos uma foice recurva em nosso interior!). A vigilância é a própria iniciação. Esta mesma vigilância será exercida por Zeus, que os aprisiona no Tártaro, ou seja, o poder criador depende de uma vigilância contínua.

Haverá ainda num segundo momento, a Gigantomaquia (luta contra os Gigantes). São filhos de Urano aprisionados no Tártaro, e aqui encontramos algo interessante: Há três níveis de transcendência e que são representados pelos Gigantes no seu primeiro nível. Os filhos de Urano são os Ciclopes (um único olho), e a tradição é claríssima: a Urano um olho só, a Kronos os dois, e a terceira visão é de Zeus. Porque um olho só? Porque só vê o imediatamente concreto. A visão estereoscópica, representa Kronos, a temporalidade; é um passo maior, sim, é a razão que nos deslumbra, mas é lamentavelmente limitada.

O terceiro olho é a verdadeira transcendência, a força criadora que pertence a Zeus. É a visão iluminada da intuição. As primeiras forças que se levantam contra Zeus são exatamente as forças ciclópicas, porque serão sempre as forças mais primitivas e estúpidas que se levantarão contra a Criação.

Vemos então que na Teogonia de Hesíodo, além da história da Criação, temos também a história da criação do homem - do seu desenvolvimento e uma reflexão voltada para a pedagogia, ética e estética da existência.

II • PROMETEU E PANDORA: AS QUATRO ERAS CÓSMICAS E A ORIGEM DO MASCULINO E FEMININO

Segundo as mais arcaicas tradições míticas gregas e egípcias, houve um tempo onde tudo era eterno, pois os homens e os deuses viviam lado a lado e esta foi chamada a Idade de Ouro. Não era a marca da riqueza, mas simbolizava os deuses e os homens imortais; aliás os homens desta Era foram chamados de Raça de Ouro. Mas, conta o mito que alguns homens, de modo imprudente, aos ímpios Titãs, os deuses devastadores, se uniram. Quiseram a luz e a inteligência que o Titã Prometeu lhes dera, mas não a medida do seu uso (a ética, ou seja, colocar a força da inteligência a serviço da criação e não da destruição), que Zeus lhes oferecera.

Assim começou a Idade da Prata, que nova raça gerou e homens terríveis espalhou por milênios. Eram os poderosos Homens de Prata, de poder devastador. Usaram e aprimoraram a arte de destruir através da inteligência, como fazemos até hoje. O mito conta-nos que Zeus se irou e enviou um grande dilúvio para varrê-los da Terra. Mas nem todos morreram e alguns sobreviveram, tornando-se até reis e príncipes, generais e presidentes, enfim, poderosos destruidores de toda sorte, pois tinham algo em comum; o desvario do poder.

Zeus condoeu-se dos poucos e justos que ainda pela Terra vagavam e fez nova raça nascer, mas esta se revelou igual ou pior que a Raça de Prata. Assim nasceu a Raça de Bronze, que era o ouro degenerado, ou seja, era aquela que queria fazer justiça com as próprias mãos, com a lança e a espada. Negavam as leis dos deuses, escritas ou não escritas, e sua lei era a força, o egoísmo e o interesse. Pois é, ainda há tantos por aí... Nasciam guerreando e morriam guerreando, entrematando-se sempre. O mito conta-nos ainda que esta foi a única raça que Zeus não precisou destruir, porque eles próprios se mataram, como continuam fazendo até hoje.

Finalmente, Zeus tomou os poucos humanos que restavam e em duas metades dividiu-os. Numa colocou o masculino e na outra o feminino e ordenou-lhes então que eternamente a parte perdida buscassem, para menos guerrearem e mais amarem, e quem sabe se encontrarem através dos filhos e do lar. Finalmente, tirou-lhes a imortalidade, transformando-os em pobres criaturas mortais. Esta foi a origem da Raça de Ferro, a raça que nasce, cresce, envelhece e morre. A raça que as doenças carcomem; a raça da fome e da solidão; da inveja, do rancor e do abandono.

Por ironia, Hesíodo, em sua obra “Os Trabalhos e os Dias”, conta-nos que raça ainda pior poderia nascer daquela que envelhece e se carcome. Seria uma raça que já nasceria gasta e velha ou onde a eternidade não duraria senão minutos, ou seja, seria o exato oposto da raça de ouro, que era a eternidade, por excelência. Esta seria a raça que podemos chamar ironicamente de “descartável”. E é justamente o que encontramos no século XXI: Tudo tem que ser novo e este novo não dura senão minutos. Morremos buscando o novo. Envelhecemos - fugindo da velhice (sic).

Nesta obra vamos contar a história do nascimento dos homens, e é claro que não cairemos na ingenuidade de afirmar com Darwin que viemos dos macacos e nem perderemos tempo em explicar porque alguns macacos viraram homens e outros continuaram macacos... Aqui relataremos a tradição mítica, onde os homens foram criados pelos deuses, mas, sendo feitos à sua imagem e semelhança, portaram-se como traidores em seu desvario pela busca do poder.

O mito conta-nos que o Titã Prometeu moldou um boneco de barro, procurando assemelhá-lo com todos os atributos dos deuses. Estes, ao vê-lo moldando esse boneco resolveram presenteá-lo cada um com uma dádiva. Assim, dizem que um lhe concedeu a vaidade do pavão, outro a timidez da lebre, outro a ferocidade do tigre, outro a astúcia da raposa, e assim por diante. Finalmente, o grande Zeus decidiu animar este boneco, permitindo ainda que Prometeu moldasse muitos outros, para que não ficassem sós. Assim nasceram os “humanos primordiais”, que não eram nem homem nem mulher, pois eram imortais e não precisavam se multiplicar.

Os humanos passaram a seguir os deuses, que eram sua medida por excelência. Mas um dia Prometeu quis para os homens mais do que isso, pois sonhava com eles conquistar o Olimpo e destronar Zeus. Declarou ainda que assim não precisariam dos deuses, nem para obedecer e nem para cultuar. “Seriam a medida de todas as coisas...” (sic). Tentou ainda enganar a Zeus, oferecendo-lhe um presente. Para tanto matou um belo touro e separou suas carnes e gorduras e os ossos de sua pele. Envolveu os ossos na gordura e as carnes na pele, de tal modo que um fardo ficasse maior que o outro. Ofereceu então um banquete ao grande Zeus, pedindo-lhe que escolhesse um dos fardos para servi-lo. O senhor do Olimpo, naturalmente, escolheu o maior, mas muito irado ficou quando descobriu que fora enganado por Prometeu. Além disso, Prometeu roubara o fogo divino (símbolo da inteligência) para dá-lo aos homens.

Zeus chamou o Titã e perguntou-lhe: "Roubaste o fogo para dá-lo aos homens; com que medidas justas governarás seu uso? Como impedirás o desvario do poder que dele emana? Como conseguirás que as criações do fogo divino não resultem em destruição nas mãos dos homens desmedidos?" Não é preciso refletir muito para percebermos a atualidade da questão.

Em resposta, Prometeu tentou enganar Zeus, oferecendo-lhe o referido banquete de ossos e gorduras, ou seja, praticou o primeiro ato simbólico da condição humana: o engano e a mentira. Alguns dirão que Zeus foi ingenuamente enganado por Prometeu, sendo este mais esperto. Mas é uma observação irrefletida: Zeus, ao aceitar o maior, quis mostrar que os deuses estão acima da falsidade, das aparências e da mentira. O que estava à vista, ou seja, o fardo maior, deveria conter a maior oferenda, que era a justa parte para o maior dos deuses. Prometeu, ao esconder as carnes no fardo menor, inaugurou a condição humana e justificou a separação entre homens e deuses, pois inaugurou a era que separava a essência da aparência. Assim, Zeus declarou: "Provaram o poder e a seu desvario sucumbiram. Fizeram da aparência um engano da essência; criaram o duplo e cercaram-se do ambíguo; espalharam o escândalo e semearam a perplexidade".

Decidiu então castigar Prometeu e os homens. Ordenou que Prometeu fosse acorrentado no Cáucaso com uma águia a comer-lhe o fígado durante trinta anos ou trinta séculos, conforme a versão. Condenou os homens à perda da imortalidade dizendo-lhes: "Eu vos abandonarei à sua própria sorte e sina. De ora em diante ordeno que os deuses partam e se retirem para o céu e que os homens sejam abandonados aqui na Terra. Não é isso que queriam...? De ora em diante os deuses apenas sugerem o destino a cumprir. Aqueles que o seguirem, acalantados serão, mas aqueles que o negarem, arrastados serão. Declaro ainda que na terra tudo agora se paga; o homem obterá alimento com o suor do seu rosto; uma desgraça nunca virá só, ela será tripla. Ordeno finalmente que se vistam, pois sua nudez não revela a essência, ao contrário, na aparência escondem a verdade".

Vale notar que aqui vemos a questão do "pecado original" e da nudez, escondida pela folha de parreira, no relato bíblico da expulsão do paraíso de Adão e Eva. O que está em jogo aqui é uma interpretação muito mais factível do que representa a vergonha. Por outras palavras, a vergonha dos homens perante Deus não reside em expor seus genitais, mas na sua capacidade de mentir. Ou seja, o que representa a verdadeira separação entre homens e deuses é que os primeiros mentem e falsificam a essência na aparência e por isso devem se vestir. Encontramos aqui o verdadeiro significado do sentimento de vergonha perante Deus, que foi tão distorcido pelo falso moralismo judaico-cristão-islâmico até os nossos dias.

Voltando ao mito, Zeus ordenou que Hefestos separasse os humanos primordiais, agora condenados à mortalidade, em duas partes, determinando que eternamente uma procurasse a outra. Entregou-lhes porém a esperança de renascer, fazendo surgir uma bela mulher, Pandora, que lhes trouxe a famosa "Caixa de Pandora". Ao contrário do que muitos autores propalaram, não é a mulher primordial, pois elas já existiam; Pandora traz a maternidade para as mulheres. Por isso seu nome significa "todos os dotes", sendo o maior a esperança, "aquela que o homem em criança se renova". (Hesíodo - Os Trabalhos e os Dias).

Ganhou de Atená vestes de ouro, para com dignidade proteger seu ventre; de Afrodite recebeu o carisma, "a irresistível graça que seduz todo homem e para seu leito conduz". Já Apolo concedeu-lhe a voz do rouxinol "que adoça o mais cruel coração". Hermes, por sua vez, concedeu-lhe a famosa "língua de Hermes". Isso tinha duplo sentido na Antiguidade, pois significava a capacidade da mulher em tecer maledicências (fofocar), usar a língua como uma terrível arma destrutiva, mas também ter a capacidade de guardar silêncio, preservando como ninguém os segredos do lar. Citamos a seguir um pequeno trecho de Hesíodo, em sua obra "Os trabalhos e os dias", onde é relatado o surgimento de Pandora.

"Pandora! Tens todos os bens, mas és um belo mal! Um mal amável, o reverso de um bem. És o contrário e a companheira dos humanos; tu trazes a esperança no ventre, mas também o amanhã incerto. Incitas ao trabalho, pois não suportas a miséria. Em teu ventre armazenas o fruto do esforço e gastas a força do macho; consomes seu fogo num dessecamento lento e implacável."

Zeus, ao dar a famosa caixa a Pandora alertou-a: "Cuida bem para que jamais seja aberta, pois nela reside a esperança, mas também todos os males". Pandora, entrementes, se casara com Epimeteu, irmão de Prometeu. Vale a pena elucidarmos o significado etimológico desses dois nomes: "Prometeu" significa "Pro" e "Mitos", ou seja, "aquele que aprendeu a ir a direção aos mitos", que na Antiguidade significavam as verdades dos deuses. Portanto, é aquele que primeiro aprendeu a pensar e depois a agir. Já Epimeteu, significa exatamente o contrário, uma vez que o prefixo "Epi", significa em grego "depois". Portanto, Epimeteu é o pai dos tolos, ou seja, daqueles que primeiro agem e depois pensam.

Epimeteu abriu a caixa de Pandora, pois ele foi curioso e tolo e assim deixou escapar todos os males que se espalharam pela terra, entre os homens. Só a esperança teve tempo de reter quando a fechou. Não é demais observar que, ao contrário do que muitos autores erroneamente observaram, foi Epimeteu, e não Pandora, quem abriu a terrível caixa. Desse modo, vemos que, ao menos na tradição antiga, a curiosidade não é atributo apenas das mulheres, mas dos homens também.

E assim será agora a vida aqui na Terra; cheia de males, muitos males, mas sempre haverá uma esperança.

Mas Zeus determinou ainda, como já vimos antes, que sua parte perdida buscassem, dividindo-os em duas metades, na esperança de que a atração pelos opostos, não só filhos lhes trouxessem, para superar sua condição mortal deixando-lhes descendentes, mas que o amor entre eles os desviasse das discórdias, dos desvarios e das guerras. Determinou assim a separação em masculino e feminino do humano primordial, que relatamos neste breve poema dedicado ao masculino e feminino:

POEMA COROLÁRIO DO MASCULINO E FEMININO

Eu, o grande Zeus, determinei que:
"Não houvesse homem totalmente masculino,
Não houvesse mulher totalmente feminina
De ora em diante:
Há homens que buscam na mulher sua parte feminina
Há mulheres que buscam no homem sua parte masculina
Há homens que buscam seu masculino na mulher
Há mulheres que buscam seu feminino no homem
Há homens que buscam seu masculino no homem
Há mulheres que buscam seu feminino na mulher
Há homens que buscam seu feminino no homem
Há mulheres que buscam seu masculino na mulher
Há homens que buscam no homem e na mulher
seu masculino e seu feminino
Há mulheres que buscam no homem e na mulher
seu masculino e feminino
Há homens que não buscam nem o homem nem a mulher
Há mulheres que não buscam nem o homem nem a mulher
Há homens que buscam a si mesmos tão somente
Há mulheres que buscam a si mesmas tão somente
Há homens que não buscam
Há mulheres que não buscam
Há os mortos e as mortas!"

A grande questão colocada aqui é: ONDE ESTAMOS NÓS? Vemos que a traição dos homens foi desprezar a verdade, Eros (o amor cósmico) e a Criação. E assim é até hoje. Espanta-nos constatar que há milhares de anos o caminho do homem para retornar aos deuses já fora proposto, mas ainda hoje, com toda a nossa arrogância tecnológica, nos afastamos cada vez mais e mais.

PRÓLOGO

A *ética e a estética da criação segundo a tradição grega, na forma de trilogia* foi inspirada nas tradições míticas gregas. Foi escrita na forma de poesia dramática para realçar a beleza dos mitos e relembrar as formas arcaicas de declamação, que despertavam o entusiasmo e o êxtase dionisíaco frente ao belo e o sagrado.

Discorre na forma de uma peça teatral para tornar "mais viva" a leitura, apresentando ainda sugestões de audição musical, para quem quiser recuperar o modo de apresentação das antigas tragédias gregas, podendo esta trilogia ser considerada, modestamente, uma tragédia moderna. Procura contar a criação do mundo e dos homens segundo as tradições arcaicas e alquímicas, de onde inclusive nossa Bíblia se inspirou. Porém, desenvolve-se até os nossos dias. Eis uma breve descrição de cada episódio:

- **Primeiro Episódio: A ORIGEM DOS DEUSES**

Trata da origem das forças cósmicas. Reflete sobre o significado iniciático do "Ovo Cósmico" e de Eros como "Princípio Motor Cósmico" na tradição egípcia e grega e ainda o que são e significam os doze deuses olímpicos, numa linguagem simples e poética.

- **Segundo Episódio: A ORIGEM DOS HOMENS**

Centra-se no mito de Prometeu e Pandora, na divisão em masculino e feminino do humano primordial, no Enigma da Esfinge e sutilmente transporta-nos para o homem sem destino dos dias de hoje. Ironiza e reflete os motivos pelos quais os deuses abandonaram os homens, porque criaram o masculino e o feminino e as questões que o homem não sabe mais responder: Quem sou eu e que faço aqui? De onde vim? Para onde vou?

• Terceiro Episódio: A ORIGEM DOS HOMENS SEM DEUSES OU: DAS CENAS DE UM CABARÉ DA EXISTÊNCIA

Como o título sugere, é a historia do homem contemporâneo. Passa-se num cabaré, que espelha o macrocosmos da condição humana através do microcosmos das mesas e do balcão de um cabaré.

No fundo do cenário estão os deuses sentados, divertindo-se à custa do desencontro humano. De vez em quando, adentram o cabaré para verem ou comentarem algo, mas os homens não podem vê-los e nem percebê-los, embora cada um evoque o seu deus quando teme algo.

Na frente do palco está um coro de dançarinas, que conversa ora com os personagens do cabaré ora com o público. Em todos os três episódios o coro tem o papel de dialogar e instigar, ora os personagens, ora o público ou o leitor.

PRIMEIRO EPISÓDIO

A ORIGEM DOS DEUSES

PERSONAGENS (Por ordem de entrada):

- **As nove musas do coro**
- **A Grande Mãe Gaia**
- **Urano**
- **Eros**
- **Os seis Titãs**
  Okeanós (Oceano) - Keos (Céus) - Krios (Crios)
  Hipérion (Hipérion) - Iápeto (Jápeto) - Kronos (Cronos)
- **As seis Titanesas**
  Thêmis (Têmis) - Téthis (Tétis) - Foibe (Febe)
  Mnemosine (Mnemosine) - Thea (Téia) - Rea (Réia)
- **Os filhos de Kronos e Rea**
  Posseidon (Netuno) - Hades (Plutão) - Zeus (Júpiter)
  Hera (Juno) - Héstia (Vesta) - Deméter (Ceres)
- **Os deuses Olímpicos**

Apolo (Apolo) - Hermes (Mercúrio) - Hefaístos (Vulcano)
Ares (Marte) - Dioniso (Baco) - Posseidon (Netuno) - Hades (Plutão)
Atená (Minerva) - Ártemis (Diana) - Afrodite (Vênus) - Hera (Juno)
Héstia (Vesta) - Deméter - (Ceres)

- **Dafne e as ninfas de Gaia**

PRIMEIRO ATO

DO CAOS PARA A EVOLUÇÃO DAS DINASTIAS DIVINAS

CENA 1: DO NASCIMENTO DE GAIA E URANO

Música: "Sinfonia das Lamentações"
de Gorecki - 1ª Parte

O coro está recolhido em ambas as extremidades do palco e passa progressivamente a ocupá-lo por inteiro, olhando para a plateia. Sua fala é solene e pausada. Simultaneamente vai-se iluminando no fundo do palco a figura da grande mãe Gaia.

Ao término da fala, o coro volta para os cantos do palco:

CORO: No princípio era o Caos.
Tudo era disforme e apenas possível...
Nada existia outrora e...
Tudo não passava de mero possível.
Então a grande mãe Gaia,
de amplo seio e largas cadeiras,
pariu igual a si mesma Urano,
e retirou-o do infinito Caos,
tornando-o o grande céu estrelado.

GAIA: (PARA URANO)
Tu és obra minha e serás meu esposo.
Guiarás de ora em diante
o Caos para uma ordem cósmica.
Tu lutarás e vencerás o possível,
impondo-lhe a certeira Criação

Neste momento nasce Eros. Gaia mostra-o para Urano, que está sentado num trono solene.

GAIA: Este é teu princípio - Eros!
Ele espalhará eternamente
sua essência pelo universo!
Ele unirá os contrários.

CORO: Eros! Princípio motor cósmico!
De ora em diante tudo irá em tua direção.
Os deuses por ti se guiar-se-ão!
Salve Eros! Princípio motor cósmico!
Somente tu unes o princípio ao fim!
Somente tu superas o Caos,
e unes os entes!
Dos astros às pedras,
sejam todos impregnados,
por teu doce amplexo criador.
Que todos aqueles,
que não te cultuarem,
sucumbam e retornem
ao Caos primordial!

Gaia declara para Urano:

GAIA: Eu te darei, caro filho e esposo,
doze herdeiros para que possas
o Cosmos ordenar e assim governar.
Serão seis Titãs, cuja força
não conhece limite, nem temor!
E seis Titanezas, também invencíveis,
porém amplas como o infinito.

CENA 2: DA PROCISSÃO E EXPLICITAÇÃO DO PAPEL DOS DOZE TITÃS NA ORDEM CÓSMICA

Música: Sequência da "Sinfonia das Lamentações",
de Gorecki - Início do 2º Movimento

Urano assiste a tudo sentado impassível em seu trono. Gaia, em pé o tempo todo, mostra os filhos - um a um - para seu marido e irmão Urano.

Gaia aponta para a primeira das Titanezas e declara:

GAIA: Eu te darei a bela Mnemosine,
a memória do eterno!

CORO: Ah! Bela Titaneza!
Graças a ti tudo será
eternamente o que é.
Em tua imensa glória
a água será sempre água,
os planetas serão sempre planetas, e...
E os vermes continuarão vermes!

GAIA: (solene)
Até a morte prestará culto a ti,
pois tudo que ela ceifar -
velho e carcomido -
logo, logo, tratará de devolver,
belo, jovem e fortalecido!

O coro ajoelha-se e curva-se severamente para a grande deusa Titã. Pausa solene.

Gaia aponta para o próximo Titã que entra em cena.

GAIA: Eu te darei Okeanós,
o grande princípio líquido.

CORO: Oh! Tu grande oceano!
Onde tudo nasce e evolui,
e dissolve e brota renovado...
Onde tudo morre para renascer.
Salve tua glória eterna!
Que em tuas profundezas tudo nasça
e renasça eternamente!

GAIA: Eu te darei Têmis,
a honra infinita!

CORO: Glória! Glória à honra!
Longa será tua luta.
Longa e encarniçada labuta travarás!
Como são árduos,
os milênios que te aguardam!
Como são belos aqueles que te celebram!
Terás por todo o universo,
teus inimigos espalhados.
Ah, como serão poucos teus aliados!

GAIA: Eu te darei Krios,
o grande e gélido clarão!
O coro joga-se para trás aterrorizado.

CORO: Ah, tu, prepotente absoluto
que minha alma traspassas,
e que tudo, tudo paralisas!
Ah, que horror temos nós
da inércia mortal que provocas!

O coro, contraindo o peito com as mãos:

CORO: Sinto frio pela tua simples presença!
Minha alma congela!

GAIA: Eu te darei Thia,
a luz que varre o Cosmos.

CORO: Thia, doce luz que o infinito percorre
e torna meu olhar possível!
Doce luz que a escuridão afasta,
com seu clarão bondoso e quente!
Em teu severo amplexo geraste
o Sol, a Lua e o Crepúsculo!

GAIA: Eu te darei Keos,
o ar que o Cosmos terá para respirar.

CORO: Salve Keos, o ar de nossas vidas!
Sem ti nossa existência não passaria
de uma eternidade de minutos!
Tu forneces a doçura da vida
e com ela meus pulmões resplandecem.
Só por teus caminhos receberei o sopro divino!

GAIA: Eu te darei Febe,
A luz da realidade implacável!

CORO: Ah, Febe! Perdoa-nos
se nos embalamos na doce Thia
e nos excessos de Hipérion!
Mãe e pai do Sol, da Lua e do Crepúsculo.
Tu és o espanto da verdade!
Tu és a verdade implacável!
Eis o que se chama realidade!
Eis o que tanto tememos!!
Teu clarão varre o Universo
enquanto me escondo tímido
nas cavernas da ilusão!

GAIA: Eu te darei Hipérion,
meu filho sobrenatural!

CORO: Grande Hipérion, salve!
Tu que comandas os excessos da noite,
salve aquele que até aos deuses inebria!
E faz a Criação parecer simples brinquedo,
frente a teus exageros e fantasmas!!
Tu és o além de tudo
que é realidade possível!
E eu tenho medo!!!
Mas venero o teu desconhecido,
tão pleno de existências
e revelações inesperadas!

GAIA: Eu te darei Téthis,
o imortal desejo que tudo nutre,
e das cinzas teima em renascer!

CORO: Tu corróis minha alma
em teu eterno renascer.
Mas sem teu exagero nada existe!
Tu nutres e esvazias
num eterno recomeçar.
Que tem seu nome!
Tu és desejo insaciável
sempre renascido...
Que tudo agasta
e raramente realiza!
Mas eu preciso de ti...
Tu nutres o impossível,
mas tu nutres!
Tu és horror e busca
em síntese absurda!

GAIA: Eu te darei Iápeto,
o golpeado espaço.

CORO: Iápeto! Foste tu, Iápeto!!!
Que vieste fazer aqui?
Que desgraças não nos aguardam
pela mão de teu filho Prometeu,
pai desafortunado da raça dos homens?
Tu, que és o espaço,
és a essência da desmedida
e da falta de limites!!
E desta tua mesma essência
será feito o teu filho
e os filhos do teu filho
e os filhos dos filhos de teus filhos!..
E assim até o infinito...
Ah, Iápeto; triste é o destino
de teus herdeiros, os homens.
Sim! Assim serão chamados,
os filhos de teu filho Prometeu!
Triste é a sina que espera
estes filhos dos deuses.
Até a morte terão a desventura de conhecer!

GAIA: Eu te darei Rea, a duração.
É ela quem ordenará o tempo.

CORO: Rea, és tu que separas o presente,
do passado e do futuro,
em paciente bordado
que teu marido Kronos exige de ti.
Pobre de ti, mãe infeliz,
com destino similar ao de Gaia,

pois teus filhos serão engolidos,
por teu esposo Kronos,
enquanto os dela são
atirados ao sombrio Tártaro.

GAIA: Eu te darei Kronos, o tempo recurvo.
Aquele que ceifa pelo devir.

CORO: Eu tenho horror e veneração
por ti, Kronos,
pois tu és a temporalidade inescapável.
É graças a ti que o tempo cria,
mas é graças a ti também,
que o tempo corroi!
Tu trazes a foice maldita,
que tudo ceifa e decepa,
em seu ir e vir implacável!
Tu tornas tudo premente e urgente!
Contigo nasceu a ameaça do efêmero...!

CENA 3: DO APRISIONAMENTO DOS TITÃS, A CONSPIRAÇÃO DE GAIA E DE SEU FILHO MAIS JOVEM, KRONOS, PARA A CASTRAÇÃO E DESTRONAMENTO DE URANO

Urano declara, levantando-se do trono com a arrogância e o desdém dos poderosos e onipotentes:

URANO: Eu sou a potência que tudo absorve!
Eu sou aquele que tudo impede e contém!

Gaia escuta Urano, desesperada em sua impotência, sem nada dizer. Urano prossegue:

URANO: Que todos os meus filhos sejam
Aprisionados, no último dos limites,
entre o ser e o não ser.
Que o Tártaro os engula!

Os doze Titãs saem de cena, como que engolidos pelo Tártaro (último degrau antes do Caos primordial), enquanto a grande mãe, Gaia, esconde Kronos, que escapa assim do terrível destino.

Eros aproxima-se da grande mãe Gaia que continua no fundo do palco chorando enraizada, e a abraça.

CORO: Pobre mãe Gaia!
Seu esposo e filho traiu Eros!
Traiu o princípio que o gerou.
Negou-o, quis conter a Criação.

Repentinamente ouve-se um grande estrondo, e enquanto Urano permanece no trono altivo e imponente e o coro recita sua lamentação, os tentáculos da grande mãe Gaia prendem-no por trás. Kronos entra em cena com uma foice, que atinge os genitais de Urano, castrando-o. Urano cai por terra urrando de dor e exaurido, e ao fundo um estrondo profundo de trovões e tambores.

GAIA: Quis ser o começo, o meio e o fim.
Quis conter a Criação,
Por isto destronei-te,
e teu filho castrou-te.
Teu domínio terminou.
Entrego agora plena de certeza,
o cetro e a coroa do universo
a Kronos, meu filho mais novo,
minha esperança renovada.
És tu, Urano, quem agora
o Tártaro terá por prisioneiro!

CORO: Ah, Urano!
Quiseste conter a Criação!
E eis o fim de tua era!
Eis que o filho destronou o pai!
E uma nova dinastia agora se inicia.
Tu foste o impedimento de Eros!
Tu contiveste Eros!
E traíste tua mãe e esposa,
a grande mãe Gaia,
de infinita fertilidade!

Urano é retirado desfalecido de cena, enquanto Kronos senta-se solene no trono do pai e dele aproxima-se Rea.

GAIA: Liberta teus irmãos e irmãs!
Toma esta irmã por esposa!
Inaugura o devir e a duração!
Faz da temporalidade
um instrumento de Eros e da Criação!
Lembra que se os traíres, também
tu te arriscarás a ser destronado!
Lembra que teu princípio, meio e fim,
é Eros eternamente recriado!!

CENA 4: KRONOS ENGOLINDO SEUS FILHOS

Música: "The Desert Music" de Steve Reich

Ao som repetitivo entram em cena ninfas que juntamente com o coro, dançam em volta do trono de Kronos. Este se levanta e principia a engolir os filhos, que sua desesperada esposa Rea entrega-lhe envoltos em mantos.

As ninfas, em roupas transparentes, dão voltas sem parar em torno do trono. Mas saem de um ponto, rodando, para retornar exatamente ao ponto de partida. Personificam a foice recurva e o curvo pensar, que sai para voltar de onde partiu - é o redemoinho que tudo engole.

Transcorridos alguns minutos da dança, tem início a cena pedófaga. Enquanto engole os filhos, a foice é brandida por servos.

Kronos declara:

KRONOS: Eu sou o curvo pensar!
Eu sou aquele que ceifa
tudo que tenta e tenta!
Ah! Tentativa inútil...
Expandir-se além de mim.
Eu sou aquele que engole e
apodera-se de toda a Criação!

Rea olha desesperada enquanto Kronos engole seus filhos.

Gaia, que permanecia silenciosa e adormecida, começa a despertar aterrorizada ante a cena de seu filho devorar seus netos.

Kronos prossegue:

KRONOS: Eu sou a eterna repetição.
que não permite a renovação,
que tudo gasta, repetindo...
Eu sou o tempo, que gasta e mata!

Inicia-se então a grande ode de Rea que, juntamente com o coro, lamenta os filhos devorados por Kronos e glorifica suas qualidades. Enquanto um deus devorado é cantado, surge seu fantasma ao fundo, explicitando aquilo que Réa e o coro glorificam.

Grande ode de glorificação de Rea e de seus filhos devorados

CORO: Rea, doce Rea, triste filha de Gaia!
Destino infeliz a Criação te reservou!
Em banquete macabro teus filhos entregou,
para glória de teu esposo e irmão;

para a fome da foice que tudo castra
e que não conhece renovação!
Para a vitória do curvo pensar,
que tudo devolve para onde partiu!

Entra em cena o fantasma de Hera simulando infinitas gestações. Kronos mastiga um boneco que segura com as mãos e que foi entregue por ela.

A fala de Rea é ecoada pelo coro que chora enquanto declama:

REA: Adeus Hera, filha querida,
esperança da maternidade.
Partes para as profundezas
de teu pai devorador,
que contém agora os pomos
fecundos, de teu ventre gerador
de partos infinitos!
A energia de Eros não semeará
o amor em teu ventre!
Nem verá teus frutos!
Nem os frutos de teus frutos!

Eros perambula por um canto triste olhando para Hera.

Entra em cena o fantasma de Posseidon com seu tridente. Hera permanece quieta em um canto da cena, imóvel.

Rea entrega outro boneco a Kronos, que o devora gulosamente.

REA: Pobre varão meu!
Reservara-te os imensos mares,
como reino e morada, e
ainda espargir teu tridente,
em infinita semeadura!
Ah! Posseidon amado...
Em banquete macabro
por teu pai devorado!

Posseidon afasta-se para o canto oposto de Hera, ao mesmo tempo em que entra em cena o fantasma de Héstia, enquanto Réa entrega outro boneco para Kronos devorar.

Uma pira é colocada em cena simbolizando o fogo sagrado do lar e do interior do ser, atributos de Héstia.

REA: Filha querida, para ti reservei
o fogo sagrado dos lares e das cidades!
Em tua pira imortal,
para sempre deveria arder,
a luz e a vida do interior de cada ser!
E seus segredos, ai!...
Nunca, nunca revelados!
Ah! Sacerdotisa das casas!
Tu deverias guardar teus nobres encantos!
Teu fogo receberia os sacrifícios,
para o renovar das esperanças
dos homens, das casas e das cidades!
Sim, sem teu fogo e segredos,
não pode o homem existir...
Não pode o lar existir!
Não pode a cidade existir!

A pira é retirada de cena enquanto Kronos devora o boneco de Héstia, que então se senta ao lado de Hera.

Rea entrega outro boneco a Kronos; desta vez trata-se de Hades (ou Plutão), a quem o destino reservara o reino das sombras e dos mortos. Inicia o coro uma elegia, com as mãos em súplica, dirigindo-se a Hera:

CORO: Rea, mãe desventurada,
este teu filho implacável,
consagraria o devir e o renascer!
Nas profundezas de seu reino,
teria lugar - Sim! Aí teria lugar!
O milagre de morrer e voltar a viver!

REA: (com muita emoção e indignação)
Contigo, meu filho,
o devir traria o eterno viver
e morrer, e de novo viver,
e assim por diante até a imortalidade...
Serias meu guardião.
Os injustos impedirias
de alcançar a vida eterna,
enquanto aos heróis e aos justos,
todas as glórias darias!
Quem vingará os falsos juramentos?
Quem glorificará os homens
que mereceram a imortalidade?
Quem dissolverá no Caos eterno
as almas malditas que não merecem,
jamais - em tempo algum - renascer!?

O fantasma de Hades senta-se ao lado de Posseidon enquanto Kronos prossegue em seu devorar implacável, para desespero de sua esposa Rea e de sua mãe Gaia, que balança desesperada de dor, no fundo da cena, com os longos cabelos presos à terra - que afinal é ela própria...

Exaurida e cabisbaixa, Rea toma mais um filho - desta vez é a bela Deméter - e entrega à gula assassina de seu marido Kronos. Este toma o boneco nas mãos e começa a devorá-lo implacavelmente.

O fantasma de Deméter entra em cena, espargindo trigo para todos os lados. Ao vê-la, a grande mãe Gaia é tomada de um desespero ainda maior, e declara aos brados:

GAIA: Ah! Terra da minha terra!
Rios de meus rios!
Neta amada que te fiz fecunda,
como as entranhas que me rasgam!
Que será de minha herança fértil,
com este filicida senhor dos céus,
que se prepara para devorar-te?

REA: Mãe, grande mãe Gaia!
Tua dor é a minha.
Sim, é tua neta!
Terra fértil que entrego,
mas é esta a filha que reservei,
para sua fecundidade
pelo universo espargir.
Sim! É ela que tua tradição honraria!
E meus veios expandiria!
Nem tu mãe sofrida,
nem eu, eu, mãe maldita,
ai, ai de mim...
(ameaça arrancar seus cabelos)
Veremos o nascer do dia fecundo!
Pois que a morte cruel...
Nossas entranhas invade e devora!

(Pausa). Olha para baixo desesperada e para seu marido Kronos, que prossegue a devorar o boneco de Deméter. De repente, implora para Gaia:

REA: Mãe! Mãe amada e poderosa!
Tu que és a origem de tudo!
Mãe! Mãe amada! Salva!
O último de meus herdeiros!

Corre a ajoelhar-se diante de Gaia, que a olha enternecida e triste.

REA: Pari este último rebento,
em conúbio com Kronos eterno!
Não terei forças para outro!
É, porém, de todos o mais belo!
Dá-me os meios, mãe Gaia!

Deméter senta-se silenciosamente em seu canto junto dos outros deuses devorados, enquanto Kronos prepara-se para devorar o próximo filho. Gaia responde a Réa que está à sua frente ajoelhada:

GAIA: Filha amada,
tristemente fecunda.
Toma esta pedra,

de minhas entranhas arrancada!
Enrola-a numa manta,
e dê para Kronos engolir,
no lugar de teu último rebento.
Ele nada notará,
pois que vem de meu umbigo;
é sagrada mais que tudo!
E um dia será o marco do mundo,
na verdade o centro do mundo!

Entram em cena dois servos, que entregam para Rea uma pedra enrolada numa manta. Esta rapidamente toma-a e corre a entregá-la a Kronos, que já está inquieto, aguardando o próximo filho para devorar. Assim que recebe a pedra, começa a engoli-la sem nada perceber. Gaia diz a sua filha Rea:

GAIA: Toma depressa teu filho e
esconde-o na Terra
até que cresça!
Faz com que destrone
este pai cruel!
Eu mesma ajudarei!

Um bebê é entregue para Rea, que corre a escondê-lo.
Fecha-se a cena enquanto o coro recita e prepara a próxima cena.

CORO: Desventurada Rea!
Pela graça da grande Gaia,
teu filho Zeus está salvo.
Ele será o senhor do Olimpo!
Oh! Oh, grande Criador!
Ele não contém a Criação,
e nem o infinito Eros!
Ele não curvará a Criação!
E nem o infinito Eros!
Ele expandirá a Criação!
E governará em nome de Eros!
Salve Zeus, o Criador!
Aquele que glorificará Eros!

CENA 5: DA ASCENSÃO DE ZEUS E DA TITANOMAQUIA

Música: "Koianiskatsi", de Philip Glass

Surge Zeus no centro, sentado imponente, tendo todos os outros deuses a seu lado, estando progressivamente mais próximos do chão na medida em que estão mais longe de Zeus. O início é estático; mas logo Zeus toma a todos em suas mãos, e sob seu comando são derrotados os titãs, os quais surgem da terra e logo saem de cena arrastados ou engolidos pela grande mãe Gaia - que no entanto vê com tristeza a luta fratricida de seus filhos do fundo do palco. Ela surge do interior da terra e ocasionalmente leva-os para o fundo.

Todos os deuses, que estão ao lado de Zeus, movimentam-se harmoniosamente e em conjunto, como as vértebras de uma serpente, sem romper a configuração original. Os titãs entram em cena, no máximo dois de cada vez, sendo imediatamente derrotados por todos os deuses. O movimento dos deuses dá-se na forma de "ondas sucessivas", de maneira que o inimigo não tem chances de resistir.

O coro encontra-se dividido em dois e posta-se nos cantos do palco; desesperado, puxa os cabelos pedindo misericórdia a Zeus, em nome de Gaia. Ao final da luta, Zeus senta-se em seu trono de forma majestosa, tendo uma deusa a abraçar-lhe os joelhos e a tocar-lhe o queixo, permanecendo sentada no chão à sua frente. A grande mãe Gaia guarda silêncio enquanto todos os demais deuses ajoelham-se ou jogam-se a seus pés, ficando de costas para a plateia. A cena adquire agora uma configuração piramidal, onde Zeus é o topo da pirâmide.

Zeus passa a nomear os vencedores e a atribuir-lhes suas funções na nova ordem cósmica que se instala, em discurso glorioso e majestoso. O coro aclama-o.

CORO: Salve Zeus!
Nosso Senhor incontestável!
Salve Zeus, o Criador!
És aquele que não contém
seus filhos, como Urano!
E nem devora sua criação,
como Kronos filicida!
Salve aquele que liberta

Eros e o poder do imaginário,
eternamente renovado!
Contigo nada retorna
ao ponto de partida!
Tu caminhas pelo infinito,
pois és o retilíneo,
que nada pode distorcer,
e menos ainda recurvar!!

Zeus passa estão a nomear e a dar funções aos deuses que estão com ele. Conforme o faz, cada um deles sai de seu lugar no cenário triangular e dirige-se ao trono de Zeus abraçando-lhe os joelhos e tocando seu queixo em postura de súplica, enquanto ouve as atribuições que dele recebe. Aproxima-se Atená (Minerva romana), deusa da sabedoria e da equidade.

ZEUS: Atená, filha dileta,
toda armada nascida,
de minha cabeça rachada!
Tens de mim a sabedoria e a equidade,
como atributo e dever.
Vai e espalha teus talentos,
para aqueles que contigo
desejem e mereçam transcender!

Atená levanta-se, retornando para seu lugar, enquanto Zeus chama Apolo (deus da luz e da intuição divina).

Aproxima-se Apolo:

ZEUS: Apolo, filho iluminado!
Dou-te a música e a profecia!
Governa os homens para além
do imediato presente!
Tira-os da escuridão,
e indica-lhes o caminho de luz!
Mas alerta-os das armadilhas assassinas,
que guarda a razão sem ética!

Afasta-se Apolo enquanto aproxima-se Ártemis (Diana, a caçadora), deusa guardiã do sagrado - a natureza, para os antigos:

ZEUS: Ártemis, faço de ti a caçadora,
por desejo e índole!
Vai e persegue implacável,
todo aquele que violar,
a natureza e suas sagradas leis!
Tens a força de seu irmão Apolo,
espalhada pelos bosques, que
serão para sempre teu domínio!

Ártemis levanta-se e afasta, enquanto se aproxima Hermes (Mercúrio romano), deus mensageiro que indica os caminhos da reencarnação e da imortalidade.

ZEUS: Ah, Hermes! Rebento astuto!
A ti, filho de Maia - a aparência -
dou-te asas nos pés!
Para desceres até
as profundezas do interior do ser!
Terás também asas na cabeça,
para os homens ensinares
aos deuses se achegarem!
Vai e ensina que:
aquele que não souber descer,
aos obscuros porões da vida,
não servirá para subir,
até a glória dos deuses!
Vai e ensina que é
no cotidiano e no mundano,
que os homens se consagram!

Afasta-se Hermes, enquanto se aproxima a belíssima Afrodite (Vênus romana). Zeus fixa nela seu olhar e delicadamente toma-a pelas mãos, para ajudá-la a ajoelhar-se. Beija-lhe ainda com doçura e delicadeza suas mãos, enquanto todos os deuses e as musas também permanecem deslumbrados, diante de sua fulgurante beleza. Apenas um largo chitão envolve parcialmente seu corpo, deixando transparecer parte de sua nudez, de modo completamente casual e espontâneo.

ZEUS: Afrodite, bem vinda, doçura infinita,
pelo Cosmos espargida!
Mãe do amor eterno!
Vem comigo espalhar
paixões, paixões e mais paixões!
Vem ensinar aos homens,
a única forma possível
de viver neste Cosmos!

Ares (deus Marte romano - é o deus da guerra e da violência) faz menção de levantar-se de seu lugar. Zeus percebe o que está acontecendo e diz para Afrodite:

ZEUS: Doma este meu filho indócil, cara deusa!

Aproxima-se Ares, enquanto Zeus lhe dá um sinal ao dizer esta última frase:

ZEUS: Ares, gerei-te para ensinares
aos homens a força e a coragem!
Mas tu espalhaste o ódio,
a guerra e a violência!
Não fosse a mãe que tens,
agora mesmo te atiraria
Olimpo abaixo, varão indócil!
Ordeno aos homens,
que a ti culto prestam,
cedo ou tarde,
as desgraças da guerra sofram!

Ares retira-se, enquanto Hera se aproxima. É a Juno romana, deusa do casamento e das uniões estáveis.

ZEUS: Hera, irmã e esposa!
Retirei-te das entranhas
de nosso pai Kronos, filicida.
Tomei-te por esposa,
e contigo glorifico e honro
as uniões e os casamentos.
Ensina aos homens também
a dignidade de conviver.
Ensina-lhes como é belo
unir o masculino ao feminino,
debaixo de um mesmo teto!
Ensina-os a bem procriar,
pois que vão tanto precisar
de prole forte, sábia e sadia!
Juntos, o Universo governaremos.

Aproxima-se Héfestos (o Vulcano romano - é o deus das ferramentas e dos instrumentos do lar), coxeando.

ZEUS: Héfestos, filho coxo e desajeitado,
o que teu corpo tem de errado,
tuas mãos hábeis compensam!
Tudo que tocam,
em artes transformam!
Vai e dá aos homens
os instrumentos necessários
à vida neste planeta Terra!
Dá-lhes ainda alguns meios,
de aproximarem sua inteligência
com a dos deuses!

Aproxima-se Héstia (a romana Vesta - é a deusa do lar e da vida interior de cada um), com ar nobre.

ZEUS: Héstia, irmã amada e sofrida!
Também a ti das entranhas salvei,
desse pai devorador de curvo pensar,
que tudo para si queria fazer retornar,
cuja foice tudo queria ceifar,.
e a criação renegar!
Dou-te muitos segredos,
para aos homens ensinar!
Os segredos do interior do ser,
do interior das casas,
e do interior das cidades!
Ensina-lhes a respeitar
os segredos de cada um!
Ensina-os a não perscrutar!
Ensina-os a não invadir,
os limites de cada um!
Vai e mostra aos homens
que só assim se constrói a dignidade,
e somente com ela a vida vale a pena!

Aproxima-se Dioniso (o Baco romano - é o deus do vinho e que prepara e abre o coração para a descoberta e o conhecimento do outro).

ZEUS: Dioniso, tu és o único filho
gerado em ventre mortal,
que ascendeu a deus imortal!
Pobre de ti, bode expiatório!
Gerei-te para espalhar a bondade
e o amor sem limites ou interesse!
Mas os incautos e invejosos,
com seu ódio despedaçaram-te!
Ah! Filho sofrido de mãe
perdida na curiosidade de ver-me!

Sim, foi assim que morreu!
Dos pedaços espalhados
na terra, pelos quatro cantos,
meu filho Dioniso espalhou
amor e doçura,
que neste planeta espargiram!
Assim cumpriste tua missão!
Com inebriante vinho,
abres o segredo do outro!
Rompes a casca que o isola,
E faze com que busque o encontro!
Implacável Eros!
Através de ti o amor se instala
e destrói os egoístas e arrogantes!
Contigo os homens se reconstroem...
Mas como obras incompletas!!
E assim partem dilacerados,
em busca do outro, para
aquele que poderá completá-los!
É contigo que nasce
a necessidade do encontro!
És aquele que destrói
o isolamento dos homens!
E abre-lhes o peito,
para o mistério desse outro!

Aproxima-se Deméter (a Ceres romana - é a deusa da agricultura e da metempsicose - reencarnação).

ZEUS: Deméter, também a ti, cara irmã,
das entranhas de Kronos retirei!
Faço-te herdeira de Gaia!
Serás a deusa da terra cultivada!

É de teu seio que nascerá o trigo
e todas as benesses que a vida exige,
neste planeta tão árido chamado Terra!
És tu ainda aquela
que ensinará aos homens mortais
a arte de voltar à vida após a morte!
Esta arte de renascer,
será a chave de teus mistérios,
aqueles que presidirás em Eleusias,
aqueles que ensinarás, incansável,
para a reconquista da imortalidade!

Aproxima-se Posseidon (o Netuno romano - é o deus dos mares, que simbolizam as tarefas da vida e o inadiável).

Zeus entrega-lhe um tridente, que tinha ao seu lado e declara:

ZEUS: Posseidon, irmão amado e venerado,
o mais velho de nossa prole,
o primeiro que nosso curvo pai
devorou em ânsia filicida.
Vem! Pois comigo governarás!
Dou-te os mares e ainda
nomeio-te "Sacudidor da Terra"!
São teus os cavalos e os golfinhos!
Os primeiros de crina dourada,
e os outros, velozes e graciosos!
Tu dominas o mundo líquido!
És a força do elemento água!
Teus símbolos e exigências serão
a tarefa e o inevitável!

Posseidon afasta-se solene enquanto Hades, o outro irmão de Zeus, aproxima-se à sua frente e ajoelha-se.

ZEUS: Hades! És o outro irmão,
com quem o universo repartirei.
Hades - teu nome diz a que vieste!
És o não visto - o invisível!
És o deus do mundo subterrâneo,
dos mortos e das trevas eternas!
É tua a mais secreta das leis da vida!
Ela funda-se em Eros infinito
e na regeneração milenar dos corpos!
Faço-te o guardador dos juramentos
e o executor implacável das maldições!
De ora em diante és o juiz infalível
e o encontro inevitável com a morte!
Mas serás também a possibilidade
do reencontro com a eternidade.

Hades retira-se para o seu lugar e neste momento Zeus ergue-se de seu trono para declarar solenemente suas atribuições cósmicas:

ZEUS: Em meu nome agora todos governam!
Eu sou o impulso em eterna ação!
Sou o conúbio entre o temporal e o eterno!
Meus filhos não mais serão relegados,
às cavernas subterrâneas de Urano,
e nem devorados pelo recurvo Kronos!
São minha potência que se expande!
A partir de sua matriz criam
e recriam infinitamente o universo!
Eu sou a potência matriz
e minha manifestação são vocês!
Nossos símbolos são retilíneos,
não mais contidos e nem curvos!
Nós somos a eterna expansão criadora!

Destruímos tudo o que é contido,
e conquistamos o eterno presente!
Não somos mais o tempo recurvo...
É a criação infinita que se instala,
e não mais o limite do retorno!
Eu governo em nome de Eros,
essa paixão infinita!
Eu governo em nome da luz,
essa sabedoria infinita!

Dirigindo-se a Apolo, Zeus prossegue:

ZEUS: Vem meu filho dileto!
O maior dos deuses depois de mim!
Vem, Apolo, inaugurar
este novo santuário de luz!
Instala em teu nome e minha glória,
o oráculo da luz e da profecia!
O glorioso oráculo de Delfos.

Zeus volta-se para Afrodite e dirige-lhe a palavra:

ZEUS: Vem a mim, bela Afrodite!
Vem e consolida neste universo
a Era inesgotável de Eros eterno;
espalha a força incontida de Eros!

A um sinal de Zeus, Apolo e Afrodite aproximam-se dele, vindos cada um de um lado do palco, enquanto são aclamados pelos demais deuses. Zeus toma-lhes as mãos enquanto ajoelham-se à sua frente.

Fecha-se a cena.

SEGUNDO ATO
DA PERSEGUIÇÃO DE APOLO A DAFNE

CENA 1: A METAMORFOSE DE DAFNE

Música: "Opening" e "Islands", de Philip Glass

Esta cena desenrola-se como um balé rodado, com Apolo perseguindo incansavelmente Dafne - a profetiza da grande mãe Gaia. O coro tem poucas falas, cantando frequentemente de boca fechada, ou seja, utilizando o canto nasal. O coro explica e declara a derrota do instinto e a vitória da luz e da transcendência.

Caracterizações e personagens: Gaia é a grande mãe cósmica; tem longos cabelos que se enraízam pelo chão e é cercada de belas ninfas, que são suas mensageiras, os arautos do certeiro instinto.

A cena transcorre numa contínua perseguição de Dafne por Apolo, permeada ao fundo pelo desespero da mãe Gaia. Esta não sai do lugar, apenas balança, pois está enraizada pelos cabelos na terra, que é ela própria. As ninfas permanecem ao seu lado durante todo o transcorrer da cena, puxando seus cabelos em meio às lamentações. Batem com os punhos cerrados no chão, em contraste com o desespero impotente da mãe Gaia, que apenas balança, presa a si própria.

O balé transcorre na forma de rodas infinitas de um sobre o outro, Apolo rodando em volta de Dafne, e ela flutuando em suas mãos como se fugisse pelos ares em falsa corrida. O coro também esmurra o chão, enquanto declara e explicita, em canto minimalista, o destino de Apolo, e lamenta o fim da era de Gaia e de sua profetiza e filha - Dafne.

CÂNTICO: AP-ollon, ollon, ollon, ollon...
DO CORO: Teu destino é a luz, luz, luz, luz...

O coro inicia a declamação do ***"Grande Poema de Gaia"***:

CORO: Terra - Mãe Terra querida!
Está escrito que não será
por muito tempo teu

o reino das profecias.
Ah! O certeiro instinto
não mais guiará a nós,
pobres criaturas mortais.
Já posso vislumbrar ao longe
o clarão das luzes de Apolo,
espalhando-se pela tua escura pele,
Gaia, Mãe Gaia eterna!
É tua filha profetiza
quem corre perigo.
Protege a pobre Dafne;
protege teu fiel arauto,
do certeiro instinto,
dos braços de Apolo!
Ele é deus da luz e
vem usurpar teu trono.
O clarão de sua luz
virá matar a certeza escura,
de teu instinto milenar!
Esse deus vem instaurar
nova era e altar.
Ele traz o claro - o lúcido!
Não, não é da razão que falo!
Tolos são aqueles
que acreditam na razão.
Esse deus vem trazer-nos
a luz da intuição infalível.
Ele chega cercado,
armado de profetas.
Traz ainda consigo
a profetiza implacável.
Seu nome? Não sabemos!

Mas será do sangue
da serpente Pithon
que advirá sua inspiração!
Dizem que, por isso, Pitonisa se chamará!

Tem início a perseguição, em forma de balé, de Dafne por Apolo. A música é "Openings", de Philip Glass; Apolo e Dafne entram em cena.

Ao vê-los, aumenta o desespero da grande mãe Gaia, vendo sua sacerdotisa e arauto prestes a ser alcançada pelo deus Apolo. As ninfas, que estão ao seu lado, também observam à perseguição impotentes, no meio de lamentações.

O ritmo da música é acompanhado por pancadas desesperadas dos punhos das ninfas no chão.

CORO: Pobre Mãe Gaia!
Nada pode fazer...
Está presa a si própria...

O coro e as ninfas se confundem, cantando, dançando, esmurrando o chão, levantando-se e explicitando no canto o destino de Apolo, e lamentando o fim da era de Gaia.

CORO: Ah! Mãe querida,
Encerra-se o tempo em que
teu instinto nos dava
a certeza das coisas,
da vida e da morte!
Ah! Mãe!
Doce mãe do largo amplexo,
que tanto nos amparavas.
Ah! Nossa vida
não será mais certa e doce,
mas árdua e inquiridora!
Apolo! Ele vencerá e terá
os domínios de teu santuário!
Exigirá o culto da luz!

Dafne interrompe a fuga e cai de joelhos defronte à grande mãe Gaia, suplicando:

DAFNE: Mãe, salva-me da luz!
Tu, a de amplos seios,
recolhe-me em teu seio!

Apolo retorna à cena, de onde momentaneamente havia saído, preparando-se para retomar a perseguição quando vislumbra Dafne. O coro, no entanto, detêm-no por alguns instantes, enquanto declama:

CORO: Apolo, que queres aí,
na escuridão das paixões?
Tu caminhas pelos ares!
Que desejas aí,
na terra de largas cadeiras?
Não é teu destino
ser feliz nas paixões!
Tu nada sabes
da escuridão do instinto!
Deverias instaurar
a era da luz,
da certeza, da intuição!
Teu destino é a luz!
Sim, tu és a própria fonte!

Tão logo o coro termina a exaltação de Apolo, ele imediatamente parte novamente em perseguição implacável a Dafne. Ela, que estava junto à grande mãe Gaia em busca de ajuda, dispara em louca corrida, onde novamente o balé de rodas infinitas é retomado.

No exato instante em que Apolo parece finalmente apoderar-se da ninfa, exclama a grande mãe Gaia:

GAIA: Vai, ninfa minha!
Retorna de onde vieste!
Faze da terra tua morada.
Nela penetra e permanece!

Imediatamente o coro e outras ninfas aproximam-se de Apolo e Dafne, ao mesmo tempo em que, para espanto de Apolo, ela se paralisa, aos poucos se transformando numa árvore. O coro e as ninfas trazem adereços que colocam no corpo e na cabeça de Dafne, consolidando sua transformação.

CENA 2: DA CONSAGRAÇÃO DE APOLO

Tem início a segunda cena do balé "Apolo e Dafne". A música é "Islands", de Philip Glass - ela é curta e certeira.

O coro e as ninfas tomam folhas dos galhos, que agora compõem Dafne, e tecem uma coroa de louros ("louro" é a designação latina de "Dafne"). O coro dirige-se a Apolo e declara:

CORO: Eis tua coroa, Apolo!
Tu és luz fulgurante!
És aquele que espalha o clarão divino!
É por ti e somente ti,
que a Pítia desvenda o futuro!
É teu o oráculo de Delfos!
Mas saiba bem que,
isso te custou uma certeza!
E outras tantas alegrias!
Tu és a transcendência
e por isso desconheces
as alegrias terrenas!
Ah! Essas doces alegrias
do instinto e das paixões!

Apolo tudo ouve desalentado e perambula sombrio em torno do loureiro, em que se transformou Dafne. Toma algumas folhas suavemente e coloca-as entre as mãos, lamentando:

APOLO: Ah! Paixão amarga da terra,
que nunca me pertenceu,

e assim sempre será!
Sim, eu posso compreender!
Não é meu destino a terra,
mas o ar e a transcendência!
Mas como é árduo aceitar,
tão grandioso e cruel destino!
Grande pai Zeus,
aqui estou para anunciar,
o destino que os homens,
haverão sempre de carregar!
É esta minha missão,
e haverei de cumpri-la.

O coro e as ninfas acercam-se de Apolo e uma das musas do coro declara, enquanto lhe entrega a coroa de louros.

CORO: Grande Apolo iluminante!
Esta é, de ora em diante,
tua coroa e símbolo.
Todo mortal que a ti se assemelhar,
e a luz da intuição buscar,
merecerá ter em sua cabeça,
a honra e a glória,
que esta coroa representa.
É a derrota do cego instinto,
e a vitória da luz e da criação,
que ensinarás os homens a buscarem!

Fecha-se a cena enquanto o coro canta repetidamente:

CORO: O teu destino é a luz!..
Luz, luz, luz...

(Ladainha, diminuindo progressivamente o volume da voz, até desaparecer)

TERCEIRO ATO
DOS AMORES DE ARES E AFRODITE

CENA 1: A CONSAGRAÇÃO DO AMOR

Música: "Benediction de Dieu, Consolation nº 3
e Balade nº 2", de Liszt

Ao fundo surge Afrodite sobre uma concha, erguendo-se progressivamente, enquanto o palco móvel é deslocado para frente pelos sacerdotes; a iluminação intensifica-se.

O coro declara uma elegia de boas vindas para Afrodite enquanto várias ninfas, que fazem o papel das "Horas", apressam-se em auxiliá-la em seu nascimento e chegada na Terra. Todos estão maravilhados diante de sua beleza e surgem vários deuses no palco. Zeus solenemente toma lugar em seu trono.

CORO: Salve a essência de Zeus!
Salve bela Afrodite!
Inauguras nova era,
a era do amor puro e majestoso!

Zeus levanta-se de seu trono e confirma a aclamação do coro, enquanto a bela Afrodite a ele se dirige, ajoelhando-se à sua frente.

Zeus estende suas mãos, levantando-a e dirigindo-lhe um doce sorriso:

ZEUS: És minha essência continuada,
e somente através de ti,
concretiza-se na Terra!
Contigo consolido Eros,
o princípio motor cósmico!

Entra em cena o deus Ares (Marte romano), que se aproxima da bela Afrodite, enquanto todos os demais deuses retiram-se de cena e as musas abrem espaço. Tem início uma dança de sedução extremamente sensual, que haverá de culminar num êxtase sexual.

No lugar do trono de Zeus é colocado em cena um leito régio, em volta do qual transcorrem perseguições amorosas na forma de bailado, ocorrendo finalmente o clímax.

CENA 2: DA VITÓRIA DO AMOR ANTE A BRUTALIDADE

Quando os dois amantes encontram-se deitados e extenuados pelas alegrias do amor, os deuses voltam à cena, olhando maravilhados para o casal; tecem os mais variados comentários.

APOLO: Saberão os homens
encontrar a luz única,
que o amor de Afrodite encerra?

HERMES: Os caminhos!
Sabem os homens,
das sendas do amor?
Sabem que aqui na Terra,
não há outro caminho?

DEMÉTER: Deusa fértil de largo amplexo,
só por amor vives e só nele vives!
Tu rejuvenesces e regeneras!
E a doença habita quem não pratica
tuas artes e artimanhas!
Salve, deusa do amor!
Tu e somente tu completas
o caminho proposto por Zeus,
o caminho da Criação!
Pois ele não pode existir,
sem teu amoroso amplexo!

DEMÉTER E CORO:
Salve o amor,
que possibilita a Criação,
Eros e Criação!
Eis as únicas possibilidades,
neste planeta chamado Terra!

Fecha-se a cena enquanto os deuses se retiram.

SEGUNDO EPISÓDIO

A ORIGEM DOS HOMENS

PERSONAGENS

- Os Deuses do Olimpo;
- Os personagens das raças:

– de ouro
– de prata
– de bronze
– de ferro
– de plástico (os descartáveis)

- O humano primordial
- Prometeu
- Os servos de Zeus
- O homem e a mulher nascidos da divisão do hermafrodita primordial
- Os efebos da dança “Eis Aiona”
- Pandora
- Epimeteu
- Menétio
- Atlas
- Buda, Confúcio, Cristo, Krishna, Moisés, a Virgem Maria, Maomé, Dioniso, Ísis e Osíris; Orfeu e Eurídice; Pitágoras e outros messias
- As três bailarinas do Balé das Eras Cósmicas
- Os homens e mulheres que participam do balé

ATO ÚNICO

DO NASCIMENTO DAS RAÇAS DE OURO, PRATA, BRONZE, FERRO E PLÁSTICO (DESCARTÁVEL)

Inicia-se a descrição da raça de ouro. Aparecem no palco Jesus com a cruz, Moisés segurando as tábuas dos dez mandamentos, Orfeu com a lira de sete cordas e o séquito de animais atraídos por sua música, tendo a seu lado Eurídice, Maomé e Gandhi ao lado de mulheres santas. Quando é descrita a raça de prata, entram em cena reis, príncipes e magnatas. Surgem ainda personagens famosos da história como César, Alexandre Magno, alguns Papas, Napoleão e Hitler. Surgem ainda deputados, senadores e outras figuras grotescas do cenário político nacional. Quando é descrita a raça de bronze, entram em cena soldados lutando, pessoas brigando e padres pregando o apocalipse. Na apresentação da raça de ferro surgem homens e mulheres por todos os lados. Alguns estapeiam-se, outros falam mal de quem não pode ouvi-los, outros ainda estão cheios de inveja, ciúmes e finalmente em muitos se pode ver no rosto o rancor estampado. Finalmente, quando surge a raça de plástico, entram novamente homens e mulheres entrecomendo-se e descartando-se mutuamente.

CENA 1: DA ORIGEM DAS RAÇAS

CORO: Houve um tempo...
Não, não havia tempo!
Sim, tudo era eterno,
Pois homens e deuses,
viviam lado a lado.
(Pausa).
Isto foi no começo,
foi na era de ouro...
Sim, foi quando o ouro,

não era a marca da riqueza,
mas dos deuses e homens imortais.
É esta foi a época...
Dos homens da raça de ouro!

(Pausa).

Começam a entrar em cena os homens de ouro.

CORO A: E por que acabou a era eterna?
CORO B: Porque alguns homens,
de modo imprudente,
a outros deuses uniram-se.
Eram os ímpios Titãs,
os deuses devastadores!
Quiseram a luz
e a inteligência também,
que Prometeu lhes dera.
mas não a medida de seu uso,
que Zeus lhes oferecera!

(Pausa).

Começam a retirar-se de cena os homens de ouro, pois são enxotados com violência pelos homens de prata, que invadem o cenário atacando Cristo, jogando no chão e pisoteando a cruz e as tábuas com os dez mandamentos de Moisés, esfaqueando Gandhi, etc.

CORO A: Assim começou a idade da prata...
CORO B: Que nova raça gerou,
e homens terríveis espalhou,
por séculos e séculos...
Eram os homens de prata,
de poder devastador.
Usaram e aprimoraram,
a arte de destruir...

É... há tantos deles por aí...
Mas Zeus irou-se!
E grande dilúvio enviou,
para varrê-los da terra!
E seu intento realizou?
Não, alguns sobrevivem...

O coro vira-se para os homens de prata que estão no palco e comenta:

CORO: Tornaram-se reis e príncipes!
Generais e presidentes!
Políticos de toda a sorte!
Seja como for...
Todos têm algo em comum...
O que é, o que é?
É o desvario do poder!
Que mais poderia ser?
Que torna o homem insano,
e injusto a um só tempo?

(Pausa).

Começam lentamente a retirar-se os homens de prata.

CORO: Mas Zeus condoeu-se,
dos poucos e raros justos,
que pela terra vagavam,
e nova raça fez nascer!

CORO A: E era igual à anterior?

CORO B: (com desdém)
Igual ou pior que a de prata!!
Começam a entrar os homens de bronze.

CORO: E por que era pior?

CORO A: Porque parecia o que não era!

Lembrava o ouro degenerado...
Era a raça de bronze!

CORO B: Mas como nasceu?

CORO A: Os poucos que eram de ouro,
uniram-se aos de prata...

CORO B: Que eram ímpios... E muitos!
Sabes como é...
O justo quase nunca
pode consertar o injusto...

CORO: (em uníssono)
Mas o ímpio quase sempre
consegue corromper o justo...
Essa foi a raça de bronze...

CORO A: Foi a idade de bronze?

CORO B: Sim, do ouro degenerado.
Pois os homens de bronze,
só conheciam a justiça
da lança e da espada.
Fugiam daquilo que era lei,
seja dos homens ou dos deuses,
escrita ou não escrita!
A sua lei era a força,
o egoísmo e o interesse...!
Ainda há tantos por aí...
Por isto nasciam guerreando
e também morriam guerreando.
Entrematavam-se sempre...!

CORO A: E Zeus irou-se e destruiu
a raça de bronze também?

CORO B: Não foi preciso!

Eles próprios se mataram
e ainda hoje continuam...

CORO: (em uníssono)
Sim, pois não é possível,
um mundo onde as leis
sempre flutuam ao sabor
da lança, da espada, e de cada um.
Sim, não é possível...!

CORO A: O que houve então?
A terra ficou deserta?
Os homens desapareceram?

CORO B: Não, pois Zeus tomou
os poucos que restavam,
e em duas metades dividiu-os!
Numa colocou o masculino,
e na outra a forma feminina.
Ordenou-lhes então,
que eternamente se unissem,
para a morte superar
e a esperança encontrar,
através dos filhos e do lar!
Sim, em pobres criaturas mortais
transformou-os o onipotente Zeus!

CORO A: Nasceu então nova raça?

CORO B: Sim, a raça de ferro!
A raça que nasce,
cresce, envelhece e morre.
A raça que as doenças carcomem...!
A raça da fome e da solidão...!
Da inveja, do rancor e do abandono...!

CORO: Ué! Somos nós!!!

Entram em cena os homens e mulheres de ferro, enquanto se retiram os poucos da raça de bronze que ainda restavam em cena.

CORO A: Não, não somos nós ainda não!
Pois dentro de nós,
está um pedaço de cada raça!
Nós temos muito ferro,
e somos bastante bronze!
Alguns de nós são argênteos,
mas poucos, muito poucos!
Neste século nasceu,
nova e portentosa raça!
Mais ainda degenerada...

CORO B: Mais ainda?!

CORO A: Sim, nasceu raça pior,
Do que a que envelhece e se carcome!
Essa já nasce gasta e velha!
Já sabe qual é?
É a raça descartável!

CORO: Sim, é a raça de plástico!
Do usa e joga fora!
É a raça onde a eternidade
não dura senão minutos!!
Entram homens e mulheres descartáveis.

CORO: É a raça onde todos buscam
desesperadamente o novo!
Mas o novo dura tão pouco...!
E trabalham como cães,
para ter tudo novo...!
E zero quilômetro... (risadas do coro)
E como são idiotas!
Vão morrer buscando o novo!
Enquanto se carcomem e envelhecem...
E o que fazem de seu amor próprio?

Quando aterrados se veem no espelho,
desgastados e encurvados?
Até quando se enganam,
nesta busca enlouquecida,
do novo, do novo, novo e novo?
É... os homens de plástico,
os homens descartáveis, estão sós!
Estão mais sós e abandonados
do que se pode imaginar!
Pois eles descartam tudo,
tudo, que não é novo!
Mas esquecem que um dia,
serão também descartados!
E assim vivem aterrados
em sua infernal solidão.
Solidão moderna, eletrônica!..

Surge ao fundo da cena um homem e uma mulher; estão sentados confortavelmente e cercados de televisores, computadores, telefones sem fio e outros aparelhos automáticos. Mas estão sós, irremediavelmente sós.

Todos os aparelhos estão ligados simultaneamente e ambos estão discando o telefone desesperadamente. Ouve-se uma voz que atende e responde:

VOZ: CVV, Boa noite!

Ambos, o homem e a mulher, queixam-se de sua vida, que não aguentam mais, da solidão, da incompreensão, do abandono, etc.

CORO: Bem, agora chega de conversa!
Vamos contar uma história!
A história do nascimento dos homens.

CORO A: Ué? Não vieram dos macacos?

CORO B: Depois de tudo que dissemos,
você ainda acha que
os homens vieram dos macacos?
Deixem de ser tolas e ouçam a história!

CORO: Venham, ouçam todos!!

CENA 2: INTRODUÇÃO AO NASCIMENTO DOS HOMENS

CORO: Vamos contar uma história
dos parentes dos deuses , os homens,
e vamos contar como nasceram
e o que aconteceu!

MUSA 1: Mas os homens vieram dos macacos!

MUSA 2: Quem falou, sua boba?

MUSA 3: Foi Darwin, ué!

MUSA 4: E por que os macacos
não viraram homens então?

CORO A: É, sim! Por quê?

CORO B: Vocês não entendem
de teoria de evolução!
O que aconteceu foi diferente!
Todos viemos de um "ancestral" comum!

CORO A: O que é isso???

CORO B: Nós viemos todos,
os homens e os macacos,
de um mesmo bicho!!

CORO A: Ah, bom!!!

CORO B: Mas, e por quê? Sim, por que
só alguns "filhos do bicho"
viraram homens,
e o resto deu na macacada que deu?

CORO A: É, viraram gorila, chimpanzé,
orangotango, sagui... e por aí...?

CORO B: Sei lá, ué! Vocês querem saber demais!

CORO: (em uníssono)
Nada disso! Foram os deuses!
Foram os deuses que fizeram os homens!

CENA 3: OS DEUSES ANIMAM O HUMANO PRIMORDIAL

Aparece em cena Prometeu, moldando um boneco de barro. Está entusiasmado com sua obra, delira mesmo.

Entram em cena vários deuses, que se acercam para ver sua obra e ficam admirados. Exclamam:

1º DEUS: Nossa! Por Zeus!
Como é parecido conosco!
Vou presenteá-lo com uma dádiva!
Toma! Dou-te a vaidade do pavão!

2º DEUS: E eu te concedo
a timidez da lebre!

Enquanto o humano primordial recebe os "dotes", surge um humano em cena, personificando os presentes recebidos.

3º DEUS: Quanto a mim, entrego-te
a ferocidade do tigre!
O coro e os deuses exclamam assombrados: Oh!!!

4º DEUS: Acrescento-te, então, a coragem do leão!

5º DEUS: Minha dádiva será ardilosa...
Dou-te a astúcia da raposa!

Música da série "Mistérios Dolorosos" de Franz Biber

Zeus aproxima-se e exclama:

ZEUS: Acima de tudo terá de ser
autêntico, para que possa assim,
existir ao lado dos deuses.
Concedo-te, Prometeu,
animar teu boneco,
com o sopro da vida.

Zeus retira-se e Prometeu permanece só em cena com o coro:

CORO: Estás satisfeito com tua criação,
Filho de Yápeto, ou não?
Quantos presentes
os deuses concederam
a esse teu filho e seguidor!

PROMETEU: Pois a mim e a meu filho
esses presentes não bastam!
Tomarei o fogo divino,
para dá-lo aos homens.
Quero-os criadores e
poderosos, como os deuses,
que este universo geraram.

CORO: Prometeu - aquele que primeiro
reflete e depois age.
Cuida bem para que,
tua criação não desperte,
a ira de Zeus!
E traga não só a tua desgraça,
mas a dos homens também!

PROMETEU: Calem-se gralhas agourentas!

O coro atira-se para trás, ante a força e a ira da imprecação. Prometeu prossegue:

PROMETEU: Que o vento Bóreas leve
para longe tuas advertências.
Meus filhos serão
tão poderosos quanto eu.
Com eles inaugurarei,
uma nova Criação.
Com eles terá início,
a era onde seremos,

os reis de nós mesmos...
(gritando) E não precisaremos de deuses,
nem para obedecer,
e nem para cultuar!!
Nós seremos a medida
de todas as coisas...
Desesperado, dá-lhe um último alerta o coro.

CORO: Prometeu, pai dos homens!
Olha bem a desgraça,
que tuas mãos preparam.
Teus filhos apenas acabam
de despertar para o mundo.
E tu farás com que vivam
amaldiçoados pelos deuses.

Prometeu não responde. Recebe o fogo que arde no fundo da cena e entrega-o aos homens, que estavam quietos e sentados ao seu lado.

Repentinamente, seus olhares transformam-se e a doçura de seus rostos é substituída por uma malícia e autoconfiança.

Ordena aos homens:

PROMETEU: Preparem sacrifício, e rápido!
(irônico)
Temos que agradecer ao grande Zeus,
pelo "presente" que nos deu.
Matem o mais belo touro,
separem suas carnes e gorduras,
e seus ossos de sua pele.
Escondam suas carnes nesta brancura,
envolvam seus ossos na pele,
também de modo a escondê-los.
Façam o fardo com os ossos,
parecer maior que aquele,
onde as gorduras escondem a carne.

Os homens saem de cena correndo e, antes de retornarem com os dois grandes fardos, o coro que tudo havia acompanhado com perplexidade, exclama:

CORO: Que fazes Prometeu?
Vais enganar a Zeus!?
Despertarás sua ira,
para ti e para os homens!
Detém-te Prometeu!
Teu desvario te impede,
de pensar antes de agir!

PROMETEU: Aves negras! Falsas musas!
Quando ao Olimpo,
com meus homens ascender,
meu primeiro ato, e único,
será esfolá-las vivas,
enquanto hinos cantam
à minha glória eterna!

CENA 4: DA TRAIÇÃO DE PROMETEU E DO CASTIGO DOS HOMENS

Entram os homens apressadamente com os dois fardos. Simultaneamente, ao fundo ilumina-se a cena com o grande Zeus sentado em seu trono; à sua volta estão sentados outros deuses. O trono de Zeus desliza lentamente para frente. A postura e a voz de Zeus são extremamente solenes:

ZEUS: Minha ira nos ares se lança,
Prometeu, e seus filhos alcança.
Aproxima-te, Titã, e responde:
Por que roubaste o fogo,
para dá-lo aos homens?
Com que medidas,

governarás seu uso?
Como impedirás o desvario
do poder que dele emana?
Como conseguirás que
as criações do fogo divino,
não resultem em destruição,
nas mãos dos homens desmedidos?

Prometeu, ajoelhando-se à frente de Zeus:

PROMETEU: Grande e onipotente Zeus!
Antes de mais nada,
aceita este presente!

São colocados pelos homens os dois fardos à frente de Zeus (um maior e outro menor).

PROMETEU: Aceita como prova de que
tu és nosso eterno guia.
Tu, e somente tu, governarás
o uso do divino fogo entre os homens.
És o único a ditar o que é justo e bom!
Grande Zeus, escolhe um dos dois fardos!
Escolhe aquele que mais te apetece.
Aceita-o como prova de nossa dedicação,
e terna e eterna obediência.

Zeus olha para os dois fardos e ordena, apontando que lhe dêem o maior - aquele que está cheio de ossos. Simultaneamente, Prometeu e os homens retiram-se com o outro fardo, fazendo profunda reverência.

O coro declara desesperado:

CORO: Desgraças nos aguardam!
O grande Zeus escolheu
o fardo cheio de ossos.
Ah! Horror dos horrores!

Não se pode enganar a Zeus,
e permanecer impune.
Ah! Prometeu de curvo pensar!
Quanto sofrimento vislumbro
para ti e teus filhos!

Zeus ordena então:

ZEUS: Abram a oferenda!
Que todos dela se sirvam
em minha glória e eternidade!
Possa este presente,
minha ira aplacar,
e a Prometeu e seus filhos,
eterna paz conceder!

Entram humanos, que se apressam em desfazer os nós da pele. Abrem o fardo e olham aterrorizados para os ossos que contém. Zeus assiste impassível a cena. O coro permanece em silêncio; todos estão paralisados e olham aterrorizados. Pesa um silêncio insuportável.

Zeus declara solene:

ZEUS: Provaram o poder,
e a seu desvario sucumbiram!
Fizeram da aparência,
um engano da essência!
Criaram o duplo,
e cercaram-se do ambíguo!
Espalharam o escândalo,
e semearam a perplexidade!

Zeus faz uma pausa, olha para o alto severo e impassível, e grita a plenos pulmões:

ZEUS: Tragam-nos à minha frente!

Entram em cena Prometeu acorrentado, cercado de homens também acorrentados.

Zeus declara, dirigindo-se a Prometeu, solene e pausado:

ZEUS: Não se pode enganar a Zeus!
Não se pode separar a essência
da aparência, que deveria ser verdadeira,
e ainda assim permanecer impune!
Vocês criaram a era
do duplo e do ambíguo.
Vocês inauguraram a supremacia
da aparência enganosa,
e eu, por isto, vos abandonarei,
à sua própria sorte e sina.
De ora em diante ordeno,
que os deuses partam,
e se retirem para o céu.
De ora em diante ordeno,
que os homens sejam abandonados,
à sua própria sorte e sina.
(irônico)
Não é isso que queriam?
De ora em diante,
os deuses apenas sugerem,
o destino a cumprir.
Aqueles que o seguirem,
acalentados serão,
mas aqueles que o negarem,
arrastados serão.
Declaro que na terra,
tudo agora se paga.
O homem obterá alimento,
com o suor do seu rosto.
Declaro que uma desgraça,
nunca virá só,
agora e para sempre!
Ela será tripla!
Ordeno que se vistam!
Sua nudez não revela a essência,
ao contrário, na aparência,
esconde-se a eterna verdade.

CENA 5: DA DIVISÃO DO HUMANO PRIMORDIAL EM MASCULINO E FEMININO

Zeus, que estava em pé, senta-se solene no trono; o palco recua e escurece.

O coro senta-se e entra solene em cena uma figura tenebrosa e gigantesca, erguendo uma espada. Ao mesmo tempo, surge uma figura dupla ligeiramente atrás da primeira. A primeira está de costas para a plateia, enquanto a segunda a olha de frente.

A espada desce como uma catapulta, separando em dois a figura dupla. Momentos antes de iniciar a música, surgem um homem e uma mulher, que urram de dor e ajoelham-se como que feridos. Nasce a divisão do hermafrodita primordial em masculino e feminino. Ilumina-se a figura de Zeus ao fundo, que diz:

ZEUS: O humano, filho de Prometeu,
agora dividido em masculino e feminino,
procurará eternamente
sua parte perdida,
e por ela se apaixonará!

A música é "Eis Aiona" (pela eternidade); abertura de Catulli Carmina - Carl Orff

Tem início a dança com o humano dividido.

O coro repete a música, e dança enquanto entram jovens efebos declarando seu amor às musas. Ambos expressam na dança as palavras eróticas do poema.

Ilumina-se o fundo do palco, que está cheio de tronos, e os deuses permanecem no lugar; olham a dança, conversam entre si, ironizam, tomam vinho e observam os homens.

Na segunda parte da música os deuses riem escandalosamente quando o coro declara "Eis Aiona", e acham tudo ridículo.

DEUSES: Eis Aiona! Pois vocês verão
Que eternidade é esta!

Zeus levanta-se então do centro de todos e declama a condenação fatal dos homens:

ZEUS: Declaro que os homens são
mortais de ora em diante.
Condeno-os ao ciclo do devir,
ao eterno nascer e renascer.
A imortalidade não é mais um bem,
mas árdua reconquista.

O casal e o coro com os efebos olham aterrados e perplexos:

CORO: Prometeu!
Bem que te alertamos!
Caiu sobre a humanidade,
a maior das desgraças!

Caem de joelhos, enquanto arrancam seus cabelos de desespero.
Zeus ordena que as musas silenciem e prossegue:

ZEUS: Entrego-lhes, porém,
a esperança de renascer.

CENA 6: DO NASCIMENTO DE PANDORA

Ilumina-se a cena e surge uma bela mulher do meio do palco; os deuses, espantados com sua beleza, levantam-se de seus tronos e aproximam-se para vê-la de perto. Zeus declara:

ZEUS: Ei-la, a bela mãe,
de todos os homens!
Concedo-lhe todos os dotes,
por isso Pandora é seu nome.
Que todos os deuses,
um dote lhe concedam!
Eu, o grande Zeus,
em seu ventre escondo,

o maior dos bens!
Dou-te a Esperança,
aquela que o homem
em criança renova.

Atená aproxima-se de Pandora e declara:

ATENÁ: Grande pai Zeus!
Com vestes de ouro,
recubro Pandora toda!
Para que este ventre,
a dignidade o proteja!

Afrodite levanta-se de seu trono e gloriosa exclama:

AFRODITE: Pois eu te concedo o carisma,
a irresistível graça que seduz,
todo, todo humano mortal,
E para seu leito conduz!
Apolo anuncia seu presente:

APOLO: De mim tens caro presente:
Dou-te a voz do rouxinol,
que adoça o mais cruel coração!

Hermes irrompe gracioso, dançando em volta de Pandora.

HERMES: Minha dádiva é ligeira,
como as asas que possuo.
Terás língua alvissareira,
como grande fofoqueira!

Todos os deuses caem na risada, enquanto Hermes e o coro dançam. Zeus, solene, declara então:

ZEUS: Musas gloriosas, filhas da eternidade!
O destino da mulher anunciem!
O destino do homem também!

O coro dirige-se a Pandora e declara, dançando a sua volta:

CORO: Pandora! Tens todos os bens,
mas és um belo mal!
Um mal amável,
o reverso de um bem!
Pandora! És o contrário
e a companheira dos humanos!
Tu trazes a esperança no ventre,
mas também o amanhã incerto!
Incitas ao trabalho,
pois não suportas a miséria!
Em teu ventre armazenas
o fruto do esforço alheio!
Tu gastas a força do macho
e consomes seu fogo,
num dessecamento lento e implacável!

Zeus acena para uma das musas e esta se dirige até ele e recebe a *caixa de Pandora*. Zeus declara:

ZEUS: Toma esta caixa, presente de Zeus!
Entregue a Pandora e alerte-a para
que jamais seja aberta!
Nela reside a Esperança,
mas também todos os males.

Pandora está no fundo da cena sugando um homem de modo vampiresco, enquanto seu ventre incha. O coro dirige-se à plateia:

CORO: Se vocês pensam que foi ela
quem abriu a famosa caixa!...
Lembram? A caixa de Pandora!
Estão todos enganados!

Surge Epimeteu ao fundo da cena abrindo a caixa.

CORO: Foi Epimeteu, irmão de Prometeu,

que com ela se casou
e de curiosidade se danou.
Sim, foi ele o curioso e tolo,
que a abriu e deixou escapar,
todos os males! Que se espalharam,
pela terra e entre os homens.
Foi este o castigo de Zeus!
Só a Esperança teve tempo
de reter, quando a fechou.
É... assim é a vida aqui na Terra...
Cheia de males, muitos males,
mas sempre resta uma esperança...!
Nossa, quanta desgraça nos trouxe,
esse irmão de Prometeu!
Esse tal de Epim... Epime... Sei lá!
Epimeteu! E se vocês querem saber,
o que quer dizer seu nome...
É "aquele que pensa depois".
Primeiro faz, e depois pensa!
Sim, é o tolo!
Epimeteu é o pai dos homens,
mas só daqueles imprudentes!
E Prometeu era diferente?
Sim, seu nome quer dizer
"aquele que pensa antes".
E assim tornou-se pai dos homens,
mas só dos homens previdentes!
Pois bem aprendeu a lição,
que Zeus lhe ensinou como cão!
E pode haver coisa pior,
que só pensar depois de agir?

Pode sim, acreditem se quiserem!
Existiu o pai dos homens...

Entra em cena Menétio, com jeito e cara de imbecil.

CORO: ...o pai dos homens que não pensam,
nem antes nem depois! (risadas)
Menétio, chamava-se ele.
"Aquele que não pensa nunca"!
O idiota?! O idiota?! (risadas)
Pois é pior do que isso!
É o tolo inconsequente!
E tem mais? Será possível?
Haverá ainda outro irmão?
Há mais algum "pai dos homens"?
(com ironia)
Sim! Há mais um; um último!

Entra em cena Atlas, carregando a abóbada celeste nas costas, com cara de sofrimento.

CORO: É Atlas, que Zeus condenou,
a sustentar a Abóbada Celeste!
Tornou-se o pai dos carregadores!
(risadas gerais)
Vocês riem, mas é verdade!
Tornou-se o pai dos comandados,
que só sabem fardos carregar
em suas costas toda a vida!
Estes pais agora valem
para todos, sem distinção...!
Para homens e mulheres!!
Igualzinho para todos!!
Não se esqueça que ambos vieram,
de um mesmo humano original!!

Zeus interrompe bruscamente e declara:

ZEUS: Há mais ainda para os homens.
Ordenei a todos que,
sua parte perdida buscassem,
pois eu, o prudente Zeus,
Em duas metades os dividi.
Ordenei ainda que...

O coro entra nesse momento em uníssono com a fala de Zeus e juntos prosseguem:

Poema Corolário do Masculino e Feminino

CORO/ZEUS: Não houvesse homem totalmente masculino.
Não houvesse mulher totalmente feminina.
De hora em diante...
Há homens que buscam na mulher sua parte feminina.
Há mulheres que buscam no homem sua parte masculina.
Há homens que buscam seu masculino na mulher.
Há mulheres que buscam seu feminino no homem.
Há homens que buscam seu masculino no homem.
Há mulheres que buscam seu feminino na mulher.
Há homens que buscam seu feminino no homem.
Há mulheres que buscam seu masculino na mulher.
Há homens que buscam no homem e na mulher seu masculino e seu feminino.
Há mulheres que buscam no homem e na mulher seu masculino e seu feminino.
Há homens que não buscam nem o homem nem a mulher.
Há mulheres que não buscam nem o homem nem a mulher.
Há homens que buscam a si mesmos tão somente.
Há mulheres que buscam a si mesmas tão somente.
Há homens que não buscam.
Há mulheres que não buscam.
Há os mortos e as mortas!

O coro volta-se repentinamente para a plateia, aponta e pergunta:

CORO: Onde estão vocês???!!!
(Pausa).

Zeus prossegue em seu discurso:

ZEUS: Ainda há muito a dizer,
pois mais determinações,
hei de tecer!

Sequência do ***Poema "Maldições de Zeus" e "O Bode Expiatório"***

ZEUS: Os homens partem agora
para seu alimento procurar,
pois dele não podem prescindir;
pois sem ele não existirão!
São simples mortais...
De ora em diante viverão,
do amargo suor de seu rosto.
Minha maldição maior é que
de ora em diante vivam,
à custa da morte alheia!
Suas vidas para sempre
um sabor de morte terão!
E da morte dos mais fracos,
como os animais, viverão!
E digo-lhes!
Muitos inocentes matarão
e necessidade não terão!
Será por ódio ou por luxúria...
Tanto faz! Nem eu saberei...!
Mas idêntica será a violência!
Os homens terão fome!

Dela hão de padecer!
Mas também por gula comerão.
Digo ainda que por fim,
esquecidos nascerão,
sem passado e ignorantes!
Assim será que quase todos,
terão de renascer, renascer e renascer!
Destino a luz a muito poucos!
Poucos serão aqueles,
dispostos à conquista do saber,
pela justiça governado!
Bem sei o que todos querem;
as vantagens e poderes,
de um saber sem medidas!
Mas será esse mesmo saber
que os homens levará
à discórdia e à destruição!
Mas aqueles que buscarem
o saber digno e único
farão nascer uma nova raça!
Será a raça dos heróis,
aquela que, acima de tudo,
a verdade e a dignidade busca!
A estes um dia concederei
a tão sonhada imortalidade!
Como a meus filhos já concedi!

Tem início neste momento o “Balé das Eras Cósmicas”. Trata-se do balé Uranida, Cronida e Criador da era de Zeus.

O coro lamenta os raros filhos de Zeus entre os homens; fala dos desprendidos e dos desapegados, enquanto se inicia o balé.

Entram em cena Orfeu e Eurídice, Confúcio, Cristo, Gaia, Krishna, Virgem Maria, Buda, Maomé, Moisés, Dioniso, Ísis etc.

E Zeus prossegue:

ZEUS: Bem sei que eles serão,
como já foram meus filhos,
sacrificados e destroçados pelos homens.
Sim, eu bem sei que
os homens dessa terra não suportam,
os nobres, bons e belos vivos!
Matam-nos, despedaçam-nos,
crucificam-nos para erguer-lhes estátuas
e templos suntuosos amanhã!
Assim, e somente assim,
conseguem cultuá-los e adorá-los!
À distância... só à distância...
Bem sei que meus filhos,
são os bodes expiatórios
dos homens do planeta Terra!
Sempre os mais puros e justos
pagarão por todo o ódio,
e injustiça que os homens praticarem!
Mas esse é o caminho,
que proponho ao herói!
Quem quiser retornar
e ao meu lado recostar,
não terá outra escolha.
Este é o único meio
para o retorno à idade de ouro.

CENA 7: DO BALÉ DAS ERAS CÓSMICAS

Fecha-se a cena com todos os deuses e messias retirando-se progressivamente. Zeus é o único que permanece no palco e, à medida que se vai esvaziando, entram em cena, bem à frente, três bailarinas. Uma representa a era de Urano, outra a era de Kronos e, finalmente, a última representa a era de Zeus. A primeira dança em movimentos contidos e para dentro, como se tudo parasse dentro de si própria. A segunda dança como se tudo girasse em torno de si, como se tudo saísse para retornar ao ponto de origem; tudo nela é repetitivo. A terceira dança de modo fluido e liberto; é a Criação. Enquanto dança, espalha flores pelo palco. A segunda - que é a Cronida - segura uma foice na mão, que tudo ceifa, e a primeira sustenta grades e correntes, pois tudo aprisiona.

Enquanto transcorre a dança do balé das eras cósmicas, entram no palco vários homens e mulheres.

Início do Balé das Eras Cósmicas.

A música é de Steve Reich, "The Desert Music - última parte"

Alguns estão roendo unhas, outros se coçam compulsivamente, outros limpam tudo o que veem pela frente sem parar. Um outro homem aparece numa cama acordando ao lado de sua mulher, que faz o mesmo. Ambos vestem-se ao mesmo tempo, saem correndo sem sair do lugar, ficando extenuados progressivamente. Tiram a roupa novamente, deitam-se e dormem, e novamente acordam, e assim por diante.

O coro declara irônico:

CORO: Assim que terminarem,
comecem novamente!
Não parem, não parem!
Não parem e limpem!
Comam e obedeçam!
Trabalhem e envelheçam!
Gastem-se acumulando!
Idiotas! Morram!
E vão deixar tudo aqui!!

O coro começa a apontar aleatoriamente para os personagens.

CORO: Você vai ser engenheiro!
Você vai ser médico!
Você vai ser advogado!
Você vai ser funcionário...!
O coro volta-se para a plateia e exclama:
CORO: Você vai ser normal!
Você vai casar!
Você será regular!
Você terá bom senso!
Você será moderado!
Você não mudará nunca!
O meio é a medida de todas as coisas!
(irônico)
Ah! Maravilhosa mediocridade...!

À medida que o coro determina as funções dos personagens, eles vão se petrificando progressivamente.

O coro prossegue:

CORO: A traição dos homens
É desprezar Eros e a Criação...!
Eles guardam e não libertam,
eles repetem para enganar,
eles se apoderam para não criar.
Por isso os deuses os abandonaram
à sua própria sorte...!
Sim, foi na era de Kronos
que nasceram os homens,
mas alguns seguem Urano!
Para eles não basta
a monotonia de tudo repetir...

Para eles não basta
com tudo se conformar!
Para eles não basta
a moda seguir,
como gado!
Eles aprisionam tudo
que consegue escapar
de sua mediocridade regular!!
É... os homens nasceram
em plena era de Kronos!
E por isso estão sempre,
indo e vindo sem parar.
Se enrolando que só vendo...! (risadas)
Qual! São traidores!
Tentam enganar os deuses!
Servem os Titãs! O desvario,
a falta de medida, a falta de limites!!
São vendedores de almas!
E a primeira que vendem, é a própria!!

Nessa altura, o cenário apresenta-se com alguns paralisados, outros girando sobre seu próprio eixo repetidamente, e a bailarina criadora dançando solitária e melancólica, na frente do palco.

O coro observa a cena e comenta:

CORO: Por Zeus, grande pai!
Não haverá ninguém para segui-la?
Como são covardes esses homens!
Como temem o amor e a Criação!
Fecha-se a cena.

TERCEIRO EPISÓDIO

A ORIGEM DOS HOMENS SEM DEUSES
OU
DAS CENAS DE UM CABARÉ DA EXISTÊNCIA

PERSONAGENS

- A Esfinge
- Um Homem desbaratinado
- Uma Mulher desbaratinada
- O jovem que atira roupas pelo chão
- A mãe rastejante
- Outra mãe
- Outro jovem
- Outra mãe
- Uma jovem
- O casal
- Os Deuses do Olimpo
- A sogra
- Os personagens com os espelhos
- Os personagens do cabaré
- A mulher alcoolizada
- O rapaz embriagado
- O gay franzino
- O gay musculoso
- Os dois casais
- As duas moças do balcão
- O casal do balcão
- A moça provocadora do balcão
- O rapaz transtornado do balcão
- O casal sentado na mesa
- Os efebos do cabaré
- Várias pessoas sentadas nas mesas
- Os intelectuais
- Os dois efebos sem camisa
- A moça aflita
- O casal do altar
- Os dois personagens do balcão
- A louca visionária

Progressivamente abre-se a cena enquanto se ilumina ao fundo a Esfinge.

PRIMEIRO ATO

DO ENIGMA DA ESFINGE

CENA 1: DO SUFOCO DO DESCONHECIDO

Música: "La Koro Sutro, 1ª Parte", de Lou Harryson

É colocada ao fundo da cena uma enorme Esfinge; alguns dos deuses presentes ajudam a arrumá-la. O coro passeia pelo palco, enquanto exclama polifonicamente e repetidas vezes:

CORO: Não sei, não sei.
Quem sou eu?
Onde estou?
Que faço eu aqui?
De onde eu vim?
Para onde eu vou?

Continua repetindo essas frases, enquanto seus componentes andam pelo palco como baratas tontas e com ar de idiotas. Entra subitamente em cena um homem, andando também desbaratinado pelo palco, com as mãos na garganta e ar de quem está sendo sufocado:

HOMEM: Algo me aperta a garganta...
Sinto sufoco...
Tenho medo, tenho medo!

Ilumina-se a Esfinge, que permanece imponente em sua pose:

ESFINGE: Decifra-me ou te devoro!

HOMEM: O quê?

ESFINGE: Teu sufoco é o meu mistério!
Decifra-me ou te devoro.

HOMEM: O que queres que te diga?

Qual é a tua charada?
Ah, sim! A charada do homem!
Não é isso?
O que é, o que é...
Que de manhã tem quatro pernas,
ao meio dia duas,
e a tarde tem três pernas!?
É o homem, não é?
É o homem quando criança,
adulto e velho, não é isso?

CORO: Decifra-a, vamos!
É ela a cruel cantora,
aquela que só serena
quando recebe a verdade!

HOMEM: Mas eu não sei a verdade!
Eu não sei de outra...
Não existe outra!

CORO: Não a desejas;
tu apenas queres
a verdade mais simples!

ESFINGE: Quem és tu?
De onde vieste?
Para onde vais?
Qual é a tua missão neste planeta?

O coro repete o enigma da Esfinge e volta-se para a plateia lentamente:

CORO: Quem és tu?
De onde vieste?
Para onde vais?
Qual é a tua missão neste planeta?

E segue repetindo várias vezes.

Entra uma mulher em cena correndo de um lado para outro, sem saber para onde ir.

CORO: Vocês nunca sabem nada de si;
nem onde estão ou estarão;
nem para onde ir ou onde estiveram.
E nunca estão satisfeitos onde estão!
Correm como baratas tontas enquanto sentem sufoco.

ESFINGE: Pois as árvores têm
tanta certeza de si,
que não saem nunca,
jamais, de seu lugar!

Ouve-se ao fundo um trecho da **música de Paulinho da Viola - "Sinal Fechado"**:

"Olá, como vai? Eu vou indo e você? Vou correndo buscar meu lugar no futuro. Quem sabe... Eu preciso beber alguma coisa, rapidamente. Precisamos nos ver por aí. Um dia... Quem sabe?..."

MULHER: Eu sei quem sou!
Eu sou aquela que gera filhos!
Declama o coro o ***"Poema Canto das Almívoras"***:

CORO: (irônico)
Quanta doçura é ser mãe!
Qual! Por detrás dessa louca
e abandonada bondade materna,
dessa entrega tão escrava
a seus amados filhos...

Entra em cena um jovem despindo-se e atirando as roupas pelo chão, enquanto é seguido por uma mãe rastejando e catando-as como serva. Do outro lado do palco, ao mesmo tempo, entra outro jovem com a mãe atrás dizendo:

MÃE: Eu não te falei?
Eu não te avisei?
Eu sei quando te falo!
E não me responda!

Ao mesmo tempo, entra pelo outro lado da cena uma outra mãe precedida por uma garota.

Mãe para a garota:

MÃE: Minha filha!
Não confie em ninguém!
Diga para mim que eu sei!
Eu sempre tenho o melhor conselho!

A jovem faz cara de "saco cheio", enquanto se retiram do palco observados pelo coro, que prossegue em seu poema:

CORO: Elas guardam um canibalismo,
doce e fatal!
Elas consomem e apoderam-se,
das almas de seus filhos!
Vivem atrás deles!
Elas não têm destino próprio!
Elas não têm vida própria!
Elas são Almívoras!
Sim, Almívoras!
São canibais de almas!!!

Enquanto o coro terminava a declaração do poema, sentou-se ao fundo da cena um casal que inicia o seguinte diálogo:

ELE: Mas não há a menor dúvida, não discuta!
Minha mãe cozinha
muito melhor que você!

Entra em cena uma sogra gorda e majestosa, que toma lugar em cena e faz o papel da mãe de um e de outro indistintamente. Ele prossegue:

ELE: Mamãe, tua macarronada é imbatível!

ELA: Mamãe, não aguento mais!
Olha o que ele está fazendo comigo!
Vou voltar para casa...
Eu preciso de você!

SOGRA: Filhinho! Volta para mim!
Essa jararaca não está cuidando
como deveria de você!

Sogra dirigindo-se para ela:

SOGRA: Minha doçura, vem para casa!

Esse monstro ainda vai matar você!

A sogra retira-se majestosa de cena enquanto o homem e a mulher declaram em uníssono, ao mesmo tempo em que apertam as mãos contra a garganta:

H/M: Mas eu estou
com um sufoco na garganta...!
Alguma coisa me aperta o peito!
Mas eu não consigo descobrir o que é...

CORO: Não sabem quem são;
Por isso o sufoco no peito...

ESFINGE: E vou sufocar até matar...

O coro principia a dançar enquanto fala para a plateia:

CORO: E vocês, sabem quem são?
Sabem de onde vieram?
E o que fazem aqui?
Ou são livres?
(Gargalhada do coro).

CORO: Fazem o que querem de sua vida?
E vivem como querem?
(Gargalhada novamente).

CORO: Só a morte não governam!
Acham que é sempre uma fatalidade!

(Gargalhadas) Começam a falar em polifonia e dançando ao mesmo tempo:

CORO: Acham que:
Se não comerem o que faz mal!
Se não beberem o que faz mal!

Se não amarem quem faz mal!
Não morrerão nunca!

Risadas do coro enquanto o homem interrompe a sua fala:

HOMEM: Pois eu me gasto!
Eu não me guardo!
Faço tudo o que me dá na cabeça!

CORO: (Dando risadas).
Idiota! Vai morrer do mesmo jeito!

ESFINGE: Os humanos que quiserem me decifrar
terão que fazer duas viagens:
uma para fora...

H/M: Ah! Quanto mistério existe
nos outros e no mundo!

ESFINGE: E outra para dentro!

H/M: Ai! Que medo
eu tenho de mim!

CORO: (para a plateia)
E vocês?
Já viajaram para dentro e para fora?

CENA 2: DOS ESPELHOS DE SI MESMOS

Principia o coro a dançar em volta deles mesmos, e em volta do homem e da mulher.

CORO: (irônico)
Não é muito educado,
pior ainda é revelar-se.
Não fica bem,

dizer quem somos -
de verdade - para ninguém!

H/M: Claro! Só dizemos o que deve...
(com desdém)
Ser dito para os outros!

Homem e mulher em uníssono para si próprios:

H/M: Aliás eu só digo
o que é interessante,
e convém para mim mesmo!

Tomam um espelho cada um e começam a falar consigo mesmos:

H/M: Porque eu sou assim!
Porque eu sou assado!
Porque eu nunca vou mudar!
Porque se alguém me provoca,
eu meto a mão!

MULHER: Aí eu falei assim para ela:
eu sou muito boa,
até pisarem no meu calo...

Repetem, abaixando o volume de voz, enquanto aumenta o volume de uma música repetitiva. Entram em cena vários personagens com espelhos nas mãos falando para si mesmos:

PRIMEIRO: Gostei! Como eu sou maravilhoso!
SEGUNDO: Que horror!

Arranca a roupa, veste uma fantasia de macaco e exclama:

É isso aí! Agora sim!

TERCEIRO: Que lindo, como tudo é lindo!

QUARTO: Eu, hein! Só tem monstro aqui!

QUINTO: Mamãe! Será que estou bem assim?

Entra uma moça com um vestido esvoaçante e mangas bufantes.
Exclama:

ELA: Agora sim, agora estou perfeita!

SÉTIMO: Corta, corta, não quero!
Não quero esse troço
No meio das pernas!

Uma lésbica responde:

LÉSBICA: Dá pra mim então, ô meu!

O coro inicia a récita do ***"Poema Máscaras"***. Todos ouvem inquietos no princípio, e sentem-se aterrorizados no final. Percebem suas próprias faces verdadeiras nos espelhos, ao mesmo tempo em que percebem os outros.

***Poema das Máscaras*:**

CORO: Com uma angústia que tão forte,
nunca conheci.
Status falso e ilusório,
que por anos embalei
e assim adormeci.
Este meu corpo débil –
branco, branco!
Ah! Tanto quisera fosse cor de caqui!
Camadas superpostas de maquiagem,
tão pesada...
Fracasso! Fracasso!
Meu Deus, não consegui!
Aqui, a meus pés um barranco,
em confusos papéis fantásticos,
nem a mim mesmo arranco.
Luzes!
As máscaras que meus olhos cegaram,
em meu pensamento penetraram!

Fecha-se a cena, com todos atirando os espelhos no chão, olhando-se mutuamente, assustados com o desconhecido, e fugindo apressadamente do palco.

SEGUNDO ATO

DAS CENAS DE UM CABARÉ

CENA 1: ABERTURA SOLENE DAS CENAS DE UM CABARÉ DA EXISTÊNCIA

Música: "Gymnopedies", de Erik Satie
Piano: Aldo Chicolini

Inicia-se com o coro declamando o ***"Poema do Singra Sangrando"***. O coro recita este poema enfatizando os sons "S". Sua postura é de quem pronuncia uma reza:

CORO: Não adianta, ido senhor,
dia ido, noite nula.
Somos sem razão eternos,
demais, demais, em nossos desejos.
Deita a tua dor e adormece!
Estás só, sentido singrando
os mares malditos de um ser,
que não te reconhece.
Canta, canta e silencia,
mas teu canto não ecoa,
e és tu que não compreendes.
Teimas em tomar o que não é teu,
tentas torcer o aço.
Ah! Que dor na tentativa inútil!
Entendes agora? Entendes?
Tudo é anulação em noite nodosa.
Noite de nádegas roliças e ausentes.
Note o nada, vamos, sinta o insensível!
Lutas em lodo lânguido e sem luz.

(Pausa).
Meu coração singra sangrando,
esmagado por paredes humanas.
Não sou o que queria ter sido.
Sou sexo feito de Deus!
Deuses! Fechem a ferida, peço tanto!
Com cordas de aço,
encerrem esse coração aberto,
para que nunca mais singre sangrando
os mares humanos,
já tanto ensanguentados!

Surge um cabaré: Um balcão, várias mesas espalhadas pelo cenário, a maioria delas ocupadas com casais, e algumas com pessoas solteiras. O balcão está igualmente cheio; há uma vitrola no canto, dessas que se põe fichas para tocar. Mais ao fundo, os deuses tomam lugar para observar e se divertir com os homens, que não podem nem vê-los e nem ouvi-los. O estilo do vestuário é aquele que lembra a "Belle Époque".

Uma mulher, sentada no balcão, vira-se para a plateia e para os presentes, (está um pouco alcoolizada, naturalmente) e diz:

MULHER: Mais uma vez, quase que fui feliz;
maldita quaselidade...!

Bate na mesa e prossegue percorrendo as mesas e perguntando aos presentes:

MULHER: Quem foi que conheceu
a paixão e a primavera?
Quem foi? Quem foi??
Pois que venha
e me conte como é.
(Pausa).
Onde está o absurdo? Onde?
Trata-se de oferecer
o amor da mulher
para algum homem?

Ou o amor do homem,
para um outro homem?
Ou o amor do homem,
para alguma mulher?
Quem haverá de julgar
tantas maneiras de amar?
Quem me dirá
qual é a melhor?
Quem ousará dizer-me
qual é a mais certa?
Quem? Quem??
Cadê esse juiz do mundo?
Que nunca amou,
que nunca se entregou?
Cadê??

Enquanto pergunta, percorre as mesas desesperadamente. Os presentes ficam visivelmente incomodados frente a seu questionamento.

CENA 2: DOS DEUSES E HOMENS

Ao fundo do palco, os deuses espionam ocasionalmente a cena e fazem um ou outro comentário, que no entanto não pode ser ouvido.

A mulher prossegue:

MULHER: Quero que me conte,
como será passar
uma vida inteira sem amar!
Ou amando "o que se deve",
tanto faz, dá na mesma!
Quero saber do horror
que é viver assim!
Para ter a certeza de que,
sofrendo como sofro,
em meus amores e desamores,

eu vivo, vivo e vivo!
Ah! deuses, como eu vivo,
em meus amores e tragédias!

Os deuses, sentados no fundo do palco, observam a cena em clara aprovação ao que está ocorrendo. Entra uma bela garota esguia, com um curto vestido preto e cabelo Chanel, dançando sensualmente. Aproxima-se de uma mesa onde está um rapaz que, apesar de meio ébrio, a observa fascinado, assim como fazem os demais.

A outra mulher senta-se e o coro inicia a recitação polifônica do ***"Poema Viver"***, enquanto a **música "Gymnopedies", de Erik Satie**, ganha corpo e é sensualmente dançada na forma de uma progressiva aproximação da garota em direção ao rapaz.

Acende-se um luminoso no fundo do palco, onde intermitentemente pisca a palavra "VIVER", na cor vermelha. Enquanto a dança prossegue, o coro recita:

CORO: Em teatro de encanto,
onde o viver tornou-se
o real absurdo,
nunca tanto.
Onde o som da loucura
conta tomou,
de onde a morte retirou-se.
Um real inexistente conta,
uma fantasia de amor encontra...
Ela se chama Virgínia!
Eis o universo proibido,
de luzes e cores ora permitidos.
Por que nunca quiseste viver?
Delicadeza, paixão e amor,
eis do que é feito o proibido,
que nunca quiseste!
Eis um corpo fantástico,
sexo feito pelos deuses,

que tanto queria te amar,
que ousou tua boca beijar!
É um corpo, é uma paixão,
que tanto te desafia,
e ameaça tua humanidade...
Um amor fundamental...
O que pode ser isto?
É um corpo fantástico, só.
Épocas fantásticas,
só uma vez na vida,
nem nos céus imaginadas.
Paixões incalculáveis.
Um senhor nunca sido nem vivido,
um senhor nunca ido nem possuído!
(Pausa).
Ressoa uma voz em teus ouvidos,
lábios tocam-nos,
voz tão bela!
Por Deus! Pare, senão te amo!!
Como poderias deixar de amá-la?
Ah! Se morresses nesse momento,
tudo seria exato e sem tormento.
Mata-o por favor!
Mas com facas amáveis,
para que ele não saiba o que é
a angústia severa do amanhã.
Dá-lhe o silêncio,
pois não sabe amar.
Deveria... essa é que é,
a verdade negada, negada...
Ele não queria viver...
Um corpo!
Uma mulher que se desnuda.

Neste momento, o coro cerca a mesa de modo provocador e literalmente "buzina" o poema nos ouvidos do rapaz, que tenta tampá-los para não ouvir. A jovem prossegue em sua dança sensual, como que tentando desesperadamente despertá-lo de sua embriaguez narcísica. O coro prossegue, apontando para a garota, que está lhe mostrando o corpo:

CORO: O que nos diz de sua beleza?
Ela é tanta que não podes,
Que não te permites jamais
a paixão finita...
É tarde; estás entregue ao amor...
O rapaz parece despertar e declara fascinado:

RAPAZ: Possua-me, possua-me, mas não tanto.
Como ousei sonhar,
e tanto desejar!
Uma boca, loucura essa boca...
Será minha essa boca?
Não é, não é...
Tu me darias esta boca?
Lábios de marfim...
O coro declara, enquanto a moça se afasta lentamente:

CORO: Não toque, agora é tarde!
Agora não mais te pertencem!

Enquanto o coro se dispersa suavemente, como ninfas, repete sem parar:

CORO: Viver, viver, viver, viver, viver, viver, viver...

CENA 3: DOS GAYS

Ilumina-se uma mesa um pouco mais à direita da cena, onde dois gays estão conversando. Uma é franzina, enquanto a outra é um tipo musculoso. O franzino divaga:

FRANZINO: Eu servi e sirvo
de muleta ao homem fraco!
Através de mim, ele
reconstrói-se e segue sua vida.
Eu sou o ponto
de travessia do macho,
em direção à "fêmea prometida".
Eu mesmo, não sou nada!

O musculoso levanta-se arrogante e, como se estivesse numa passarela, passa a desfilar cheio de si. Há outros homossexuais no cabaré que o olham, alguns com espanto, outros com desdém invejoso. O franzino prossegue em seu discurso, mas agora sua fala é séria e um pouco amarga:

FRANZINO: Eu sei de seus caminhos...!
Você busca imagens e...
Os papéis do macho!
Certamente para sempre...

O musculoso faz mais poses e se exibe ainda mais; o franzino prossegue triste e cabisbaixo:

FRANZINO: Eu não posso fazer isso...
Não tenho a tua beleza e força...
nem o tamanho de teu tórax...
e nem o tamanho de teu pinto!
Mais do que tudo!
Eu não tenho a cegueira de teu instinto.

Pausa na fala do franzino, enquanto ocorrem mais exibições do musculoso. O franzino prossegue:

FRANZINO: Eu não acordo de pau duro.
Eu não fico de pau duro
por horas seguidas...
E sem saber por quê!

E prossegue severo e solene:

FRANZINO: Eu dependo do afeto
para que isso aconteça.
Você não; você é puro animal,

puro instinto...
Que não sabe de si!

E com os olhos cheio de inveja:

FRANZINO: Mas és um belo animal!
Um belo macho, meu Deus!
É uma imagem que lhe serve tão bem...
Você não se desfaria dela jamais!
É por demais conveniente.
Eu também faria o mesmo!

O franzino abaixa a cabeça, como que caindo em si, enquanto o musculoso vai para o balcão pedir uma bebida. O coro entra em cena recitando o ***"Poema: A Confissão do Desterrado"*:**

CORO: Coitado...!
Nasceu em tempo errado...
Ou em espécie errada...
Ou no planeta errado...
Tanto faz...!
Não conseguiu colar as máscaras,
nem os papéis...
Não tem corpo
nem alma para tanto...
Seu pinto é pequeno...
Não é símbolo de força!
É, sua alma é autêntica...
Autêntica demais...
Não cabe nos papéis estreitos...
Do macho e da fêmea...
É... aqui não será feliz...

O coro olha para o musculoso sentado no balcão e exclama:

CORO: Você não, você deveria ser feliz,
em tua beleza de papel e carne.
É, você deveria amar
os papéis, papéis e mais papéis!!

CENA 4: DOS AMORES PASSADOS QUE NÃO VIERAM

Ilumina-se uma outra mesa, onde estão dois casais conversando num tom algo lamentoso. O rapaz inicia a fala:

RAPAZ: Tantos verões passaram-se.
Não consegui amar.
Não encontrei a paixão sonhada.
Não... não encontrei.

A moça pergunta:

MOÇA: E você ainda está aguardando?
Quanta paciência!

RAPAZ: Ah, sim! Aguardo ainda,
o amor que não veio e não virá!
Minha única paixão
ainda é a espera,
e a madrugada de angústia...

MOÇA: É, não veio o amor,
que disse que viria...

RAPAZ: É, pois é, o amor que disse não veio...

MOÇA 2: Quem? O amor que disse que viria?

RAPAZ: É que alguém me disse que viria...
Como um cometa...!
É, o amor viria como um cometa,
neste verão amargo...!

MOÇA 2: E então, veio ou não veio afinal?

RAPAZ: Não, que nada! Não veio! Veio nada!
(Pequena pausa).

O coro recita o ***"Poema do Veio"***:

CORO: Alguém me disse,
que viria como um cometa,
nesse verão amargo...
Não, não veio,
e se veio, não sei...
Uma nuvem negra
não deixou que eu visse...!
Eu aguardo... sempre.
Alguém me falta,
noto o copo vazio.
É sempre a paixão
que deixou de vir...
Que não olha
o espelho de si.
Cujo olhar penetra
o outro, somente o outro...!
Que não busca espelhos,
espelhos e mais espelhos,
e pretensos humanos em volta...

O coro retira-se. Iluminam-se duas moças conversando no balcão. Inicia o ***"Poema A Barra do Amor"***. Na verdade divagam, olhando para o vazio:

MOÇA 1: A barra do amor é que ele é meio ermo.

MOÇA 2: É, a barra do amor...
São as portas que se fecham,
e não querem mais abrir...

MOÇA 1: Mesmo que depois
haja um reencontro!

MOÇA 2: (como que concluindo)
A barra do amor...
São as portas cerradas.

MOÇA 1: E eu não tenho a chave...
E não sei quem...
Jamais poderá abri-las!

MOÇA 2: Não podemos...
Jamais pudemos...
Elas não nos pertencem...
São do outro!

MOÇA 1: É, a barra do amor
é perder as pessoas que amo...

MOÇA 2: Ah, isso eu não aguento mais!
Os amores que perdi!
As estradas em que me esqueci!

MOÇA 1: E eu então?
Os caminhos em que me perdi...!

MOÇA 2: Quem diria, meu Deus...!

MOÇA 1: Que estes eram os meus caminhos?
(Pausa).

MOÇA 2: Tudo é tão turvo...

MOÇA 1: Porém certo como seta!

MOÇA 2: É, mas eu ainda não sei...

MOÇA 1: E nem eu compreendo
os meus caminhos...

MOÇA 2: Mas eu já sei bem...
De meus desatinos!

Ilumina-se um casal sentado no balcão ao lado das duas moças. Tem início o ***"Poema das Loucas Trajetórias"***:

ELA: Ah! Estas loucas...
Loucas trajetórias...

Por quantos homens não cruzei,
que se perderam na mulher,
para então recolher-se,
nos braços de outro homem!

ELE: Que encontro e alternativa!
E eu então?
Quantos amigos não encontrei,
que no homem buscaram
e encontraram...
O pai sexuado!
E depois, novamente,
a mulher amaram!

ELA: É... por quantas mulheres cruzei,
que no homem o amor buscaram...
E pela mulher se apaixonaram...

ELE: Deuses! Loucas, loucas trajetórias,
fazem o encontro humano!!
(Pausa).
O encontro é um mistério intransponível...
Sempre será!

ELA: Mas é tão belo o momento
em que o amor nos desnuda!

ELE: Mas tocar o humano
é árduo; é preciso curvar-se,
perigosamente...
Ela fala divagando:

ELA: Mas é lenta e árdua a luta
para se levantar as asas,
as asas da liberdade...
Faz uma pausa e prossegue:

ELA: Em voo de criação
e paixão infinita...
Faz nova pausa e olha-o desafiadoramente:
ELA: E tu? Não queres crer
que tens asas também?
Temes teu vôo?
Temes os ventos?
Temes que te levem
para amores distantes e desconhecidos?

Levanta-se dirigindo suas últimas palavras para o alto. E prossegue, dirigindo-se simultaneamente às mesas do cabaré e à plateia, enquanto sai de cena:

ELA: É, é sempre o medo
de voar e amar.
Qual! Eu quase
não tenho medo,
nem de cair
de meus voos!

CENA 5: DAS PAIXÕES NO PLANETA TERRA

Sai apressadamente de cena enquanto surge uma moça no balcão. Ela é pura provocação; acabou de chegar ao cabaré. Um rapaz, visivelmente transtornado com sua beleza, levanta-se de sua mesa, indo sentar-se ao seu lado e dizendo-lhe com ansiedade e paixão o ***"Poema da Boca-louca"*:**

ELE: Esta boca é vermelha e louca.
Esses teus olhos são rasgados,
mas penetram como centelha rouca.
Ah! Esse teu rosto suave... Sê gentil!
Eu te percebo... e caio no ardil!
Eu que sou recato, temo e ouso,

pois está ao meu lado o encanto.
Claro! Jamais me pertencerias.
Eu parto em meu canto.
Porém te amo! Eis tudo!

Levanta-se triste, pronto para partir, mas ela segura seu braço, enquanto sorri e responde-lhe com o ***"Poema dos Ventos"*:**

ELA: Meu amor é como os ventos
e selvagens são seus sopros.
Quero mais que carinho
a satisfazer esta fome.
Quero o sol que penetra o coração,
pois é ele que me arrebata.

ELE: Possui-me, diz que me ama.
Deixa-me contigo voar.
Tu, tu! O voo - Ah! O voo!
Quando me tocas alcanço alturas,
com teu beijo minha vida se inicia.
Sim, selvagens são teus sopros,
que me lançam em voos cegos.
Ah! Quando me tocas!

Ilumina-se um casal sentado numa mesa mais à esquerda e tem início, em forma de diálogo, o ***"Poema do Amor que não deu Certo"*:**

HOMEM: Sabe, prefiro a violência da rejeição
do que a indiferença...!

MULHER: Que há de errado contigo?

HOMEM: Nada... foi o amor...
Ele que não deu certo.

MULHER: Como sempre...

HOMEM: Mas por que o amor...
Por que não deu certo?

MULHER: Sabe Deus...
Não deu certo...

HOMEM: É, nunca deu certo.

MULHER: Sabe Deus por que...
Por que nunca deu certo...

HOMEM: E sei eu por quê?

MULHER: É... Nunca soube...
O que não é possível saber.

HOMEM: Sabe Deus por que...
Porque eu não sei...!

MULHER: É, o amor não deu certo...

HOMEM: Nunca deu certo, sabia?

MULHER: E sei eu por quê?

HOMEM: Mas nunca deu certo!

MULHER: Quem, o amor? Ah, é! O amor!

Pesa um silêncio entre os dois e logo a seguir o rapaz inicia o ***"Poema do Amor que Disse"*:**

HOMEM: Esses bares eternos
de eternos vagabundos.
Nestes lugares haverei
de encontrar um dia...
Quem sabe? Um dia...
Quem sabe um dia haverei,
de encontrar o amor!

MULHER: O amor que não veio?
E que disse que viria?

HOMEM: O amor que viria,

é, mas não veio...
Não veio o amor,
que disse que viria.

MULHER: E não veio por quê?
Esse amor que viria?

HOMEM: Sabe Deus por que...
Até hoje não veio.

MULHER: O amor que disse...

HOMEM: O amor que viria...

MULHER: O amor que não veio...

HOMEM: O amor que não sei...

MULHER: O amor que sabe Deus...

HOMEM: Que disse!

MULHER: Que viria!

HOMEM: Que não veio!

MULHER: Que não sei!

HOMEM: Que sabe Deus!

MULHER: Disse!

HOMEM: Viria!

MULHER: Não veio!

HOMEM: Não sei, meu Deus!

MULHER: Sabe Deus!

HOMEM: Que... Amor...

Os dois entreolham-se paralisados, enquanto o coro declama o pequeno "Poema Encontros", dançando em volta das mesas:

CORO: Os encontros são feitos
de próximas despedidas,
de adiadas partidas,
de encontrados adeus,
em distâncias recusadas,
em ausências permanecidas!

Prossegue declamando o pequeno ***"Poema Desejos"*:**

CORO: É, a gente sempre se arrepende,
quando faz aquilo que deseja.
(Pausa).
O verdadeiro desejo exige atos,
contra tudo e contra todos.
É o contrário do instinto cego e fútil,
que realiza tão somente
sua própria vontade,
em narcisismo cego e desvairado!
Cuidado! Os deuses sempre falam
pelos sinais mais comuns,
nos lugares mais inusitados!

O coro prossegue com o ***"Poema da Terra dos Homens"*:**

CORO: Será sempre necessário
partir para encontrar?
Será sempre necessário
encontrar para partir?
Deuses do Olimpo!
Que terra é essa,
que só deseja quem parte,
e se esquece de quem chega?
Que mundo é esse,
onde só se encontra perdendo,
e sempre se perde encontrando?

(Pausa).
Que planeta é esse,
que para viver
é preciso matar?
Que planeta é esse,
que para amar
é preciso partir?
Que mundo é esse,
onde odiamos quem nos ama,
e desejamos quem nos despreza?
Que ciência explicará
todos esses mistérios?
Que ciência há de decifrar
esses enigmas?
Qual, quem explicará o horror
em que os homens transformaram
esse planeta chamado Terra?

CENA 6: DOS EFEBOS NUM CABARÉ

Música: "Gymnopedies" de Erik Satie

Entram vários adolescentes no cabaré, fazendo a algazarra costumeira e assediando o balcão. O coro observa-os, enquanto tem início o ***"Poema do Efebo"*.**

Vários diálogos perdidos no ar ouvem-se dos adolescentes:

ADOL. 1: Nada sou, nada tenho,
mas é do fundo do meu nada,
que lhe entrego tudo.

O coro declara, em canto polifônico, enquanto dança:

CORO: De que se trata
a beleza do efebo?

Não é apenas a sua estética,
que tanto nos deslumbra!
É seu símbolo
de humanidade possível!
Trata-se da força do humano
que ele representa,
e do que poderia ser,
mas certamente não será,
por causa desse planeta....
Ou antes, daquilo que os homens
dele fazem e fizeram...
Desde que os deuses,
aqui nos abandonaram,
e partiram para o céu,
lá para o Olimpo...
(Pausa).
Deuses do Olimpo!
Quantos mortos vivos
teremos ainda que lamentar?
Quantos ainda pagarão,
pelo que jamais ousaram
sequer pensar em fazer?

ADOL. 2: Parti em busca do amor,
como flecha perdida no rancor.

ADOL. 3: Que teu encanto e acalanto,
novamente me arrebatem.
Que teu longo e louco beijo,
preencha novamente
minha boca seca e abandonada.
Por Deus, ele dura onze andares,
nesse lerdo elevador!
De novo, de novo, de novo e de novo...
Que tua mão doce e inquieta
possa meu sexo afagar,
e tudo sempre perscrutar,

durante milênios e milênios...
Que teu sexo se erga para sempre,
e meus muros destrua!!

CORO: Ah! Tanto quisera
que não se perdesse,
sua humanidade possível!
Mas sabem os deuses,
porque criam flores tão raras,
neste deserto tão árido,
chamado planeta Terra...
Sabem os deuses...
Porque os trazem
aqui para matá-los!
Sabem os deuses,
e somente os deuses
haverão de saber...
Sabem os deuses...!

O coro prossegue com o ***"Poema dos Ares"***, dirigindo-se aos efebos:.

CORO: Rompeste mares,
singraste altares,
e foste pelos ares,
mas para que te cansares?

O coro declama em canto polifônico, enquanto anda cabisbaixo, devagar, chutando o vazio, e prossegue:

CORO: E com esses olhares,
sagraste altares!
Pois nas terras e mares,
encontraste teus lares,
mas sem teus pares
sangraste pelos altares
e lograste olhares.
E só quando amares,
terás como cegares
os pássaros milenares!

O coro prossegue, apontando os efebos enquanto fala, dirigindo-se ao mesmo tempo ao cabaré e a plateia:

CORO: Meus caros amigos,
De nada adianta
invejar sua beleza e pujança.
Nunca a terão de volta!
E se a perderam tolamente,
não há nada a fazer!
Tratem de repensar seus destinos!!
E com ar aflito:

CORO: Ah! Se pudéssemos admirar,
sem desejar tocar.
Se pudéssemos amar,
sem participar da paixão!
(Pequena pausa).
Toda incursão no humano
resulta desastrosa!!!

CENA 7: DOS DIÁLOGOS DESENCONTRADOS

Ouvem-se diálogos soltos no balcão, dos quais nada ou quase nada pode ser entendido, diante do ruído que se propaga no ambiente. O coro mistura-se no cabaré às pessoas, como que tentando despertá-las do seu sono. Dirige-lhes a palavra, enquanto as sacode, mas elas não ouvem:

CORO: Entenda que se não resolver
a questão do amor...
Amor! amor! Entendeu?
Nada dará certo em tua vida!

Prossegue, dirigindo-se a outra pessoa:

CORO: Assim é o viver!

Quando tudo perderes,
encontrarás!
E quando encontrares,
tudo estará perdido!

E dirigindo-se a outra pessoa ainda:

CORO: O amor exige fidelidade,
mas não exclusividade!
Não confunda fidelidade,
com exclusividade!

Fala adiante a um casal de homossexuais:

CORO: Sim, o espírito santo é o homo!
Sim, o homem, a mulher e o homo!
Sim, o pai, o filho e o homo!

Ocorre um silêncio, enquanto se ilumina uma mesa bem no meio do palco. É um grupo de intelectuais; estão visivelmente alcoolizados e conversam com pedantismo:

INTELEC. 1: É preciso compreender
que há algo de errado
com muitos animais,
chamados humanos.
Eles são muitos,
milhões, bilhões!!
Tratem de entender,
que estamos cercados
de bestas pavorosas!
E são elas que governam
esse planeta chamado Terra!
Não é a toa que os deuses partiram
e se retiraram para o céu!

Outro divaga olhando para o ar, enquanto declama o ***"Poema da Cidade Quieta"*:**

INTELEC. 2: Assim é essa cidade;
ninguém responde, ninguém!
Estão todos ocupados,
buscando a si próprios!
Por isso ninguém,
encontra ninguém....
Estão procurando a si mesmos...
Mas nada além de si!
E por isso ninguém
encontra ninguém!

Prossegue um outro intelectual com o ***"Poema Discurso do Messias"*:**

INTELEC. 3: Alguém sempre procura em mim
a luz que tenho,
e que jamais me iluminará.
Ele a encontrará.
Sou eu que estarei
sempre nas trevas...!
A iluminar os caminhos,
daqueles que jamais me pertencerão.

Debruça a cabeça sobre a mesa, enquanto mais um faz a apologia da ciência e da religião, como se nada tivesse acontecido:

INTELEC. 4: Toda bruxaria competente,
acaba declarada verdadeira,
quer pela ciência,
quer pela religião oficial.
Para tanto, basta que sirva
aos seus propósitos antropofágicos!

Todos o olham com desdém e pedem que pare, enquanto observam os adolescentes pelo cabaré. Diz, então, um dos intelectuais:

INTELEC. 2: É, o tempo passou...
Ah, sim! E como o tempo passou.

INTELEC. 1: É, já não resta muito tempo...

INTELEC. 2: Agora, a vida está mais
para uma loteria, contra a morte!

INTELEC. 1: É uma questão de sorte
continuar vivo!

INTELEC. 2: Não existe mais a ilusão
da certeza, que eu tinha
na minha juventude!

INTELEC. 1: Juventude! Qual! Ela partiu!

INTELEC. 2: Realmente, ela partiu!

Todos ficam na mesa perturbados com o diálogo. Calam-se e atiram-se na bebida.

CENA 8: DAS CONFISSÕES NUM CABARÉ

Segue-se o ***"Poema Declaração dos Amantes e Amados".***

Ilumina-se a mesa com dois efebos conversando. São dois jovens que estão usando camiseta e bermuda:

RAPAZ 1: Paixão, pura paixão,
esse era o meu instinto!

RAPAZ 2: Mas quem foi que te proibiu
de realizar teu instinto?

RAPAZ 1: É uma história familiar,
não há duvida!
Meu instinto é radicalmente contra
toda minha família.
Um dia flagraram-me
comendo uma bundinha...

Ah! Três aninhos tinha,
sim, meu priminho tinha!
Mãe minha, a surra que tomei!
Nossa, tá louco!
E ouvir a ladainha...!

RAPAZ 2: Quantos anos cê tinha?

RAPAZ 1: Nove... Parei no tempo

aterrorizado de culpa!
Não vivi e, desde então,
era o pior dos mortais!

Entra uma moça em cena, aflita, e senta-se junto à mesa:

MOÇA: Eu amava o homem e a mulher,
sem limites!
Mas fui condenada,
e eu, tola, acreditei!

RAPAZ 1: Um dia desejei um homem
e de novo massacrei-me,
de culpa e horror.
Meu instinto era pura estética
em energia masculina.
Mas era delicadeza também!

RAPAZ 2: É fantástico possuir um homem
que deseje uma mulher.
Eu os possuo duplamente!

O primeiro rapaz e a moça começam a se abraçar e a se beijar, como que iniciando um idílio. O segundo rapaz dirige-se à moça:

RAPAZ 2: Eu possuo aquele que te ama;
abarco assim o homem e a mulher.
Não tenho a coragem
de possuir a mulher.
Prefiro fazê-lo através
do homem que amo!

O coro responde com o ***"Poema Daquele Que Não Veio"*:**

CORO: Mais uma vez ele não veio,
como carta perdida no correio.
Desejo intenso alquebrado,
mandou no entanto seu recado!
E no silêncio ardente de mendigo,
nesta paixão prossigo.
Canto meu perder contigo.
Como? Como, se nunca vens?
Ah! Tuas desculpas são como nuvens!
Eu aguardo claro e caro,
Qual Mohenjo Daro!
Tu és meu culto amigo amado.
Não me faças mais desencontrado!
Até quando? Até quando te aguardo?
Possa o amor que resta em mim,
encontrar em terra tupiniquim,
este ser cuja ode dedico!
Possa, possa eu encontrar!
Ah! Ser tão fugaz!
Ama-me antes de partir,
para que à ausência e ao silêncio,
eu possa resistir!
Em ti tudo emprego,
pois a ninguém entrego,
o segredo de partir!

(Pausa). Ficam todos na mesa cabisbaixos, mas se abraçando, como se fossem amantes. O coro começa a dançar por entre as mesas, enquanto recita o ***"Poema do Amor Amante"*** em canto polifônico:

CORO: Meu instinto oscila,
entre ser amada por um homem

e possuí-lo violentamente!
Não sei o que é melhor,
certamente as duas coisas!
Meu instinto fica feliz,
quando eu tenho um homem,
e vejo sua mulher.
É porque eu sei,
que aquele homem
que lhe possui,
a mim se entrega!
Meu instinto fica feliz,
quando sabe que este homem,
que ama aquela mulher,
faz loucuras para me ver
e amar, e tanto me amar!
É que em minhas mãos,
ocorre a entrega radical!
Meu instinto é fálico e delicado.
Possui o homem, claro!
Mas entrega-se a ele também.
Meu instinto não faz concessões,
apesar do massacre que sofreu.
Ele é louco por amores!
Ama loucamente o homem,
ama loucamente a mim.
Helênico, mais helênico impossível!

(Pausa). Os movimentos de dança intensificam-se. Os componentes do coro estão agora falando com as pessoas das mesas, enquanto as percorrem de modo provocativo. Em alguns momentos, dirigem-se à plateia também. As pessoas do cabaré estão visivelmente incomodadas com sua fala, como se ouvissem uma espécie de "voz da consciência", zumbindo em seus ouvidos. Outros ficam felizes com o que ouvem e parecem ganhar coragem e alegria de viver.

O coro prossegue com o ***"Poema do Instinto"*:**

CORO: Meu instinto não acredita mais
no truque do medo e da rejeição.
Ele quer paixão e estética!
Ele reclama solidão poética,
arte e privacidade!
Reclama, acima de tudo,
a arte de amar,
tão esquecida pelos homens!
Estes orgulhosos de si!
Meu instinto não quer apenas sexo,
ele quer Eros com ternura!
Ele não é selvagem,
mas poderoso e impetuoso!
É também doce e delicado!

(Pausa).

Prossegue olhando para a plateia:

CORO: O destino acalanta quem o segue...
(com desdém)
E arrasta quem o nega...

CENA 9: DO ENCONTRO COM O DESTINO NUM CABARÉ

Ouvem-se as risadas dos deuses da música "Catulli Carmina", de C. Orff

Os deuses surgem no fundo do palco. Levantam-se de uma das mesas um homem e uma mulher, dirigindo-se para um altar que foi colocado na frente do palco. Falam em uníssono, enquanto os deuses, que estão numa posição mais alta, observam-nos com desdém, risadas e comentários. Todas as pessoas do cabaré estão paralisadas, sendo que alguns deuses estão percorrendo as mesas, examinando as pessoas e comentando ou lamentando o estado delas. Inicia-se agora a declamação do ***"Poema do Destino"*** pelo casal, em uníssono:

CASAL: Meu destino está bravo comigo.
Desobedeci-o...
Esqueci de meus desígnios...
Desperdicei meus talentos...
Os que ganhei dos deuses.
Sinto-me como criança,
sapeca e muito má.
Meu destino foi um dia
delicadeza e emoção.
Exigia a entrega radical...
Ah! Como falhei, falhei muito.
Meu destino não se conforma,
nem admite a mentira,
nem o medo e nem a inveja!
Estou em grave falta...
(suspiram)
O destino exige,
que eu realize meus talentos...
Pois eu - tolo - tola - desperdicei!
Ele não me perdoa,
por ter silenciado.

Risadas e comentários irônicos dos deuses, que estão ou sentados em seus tronos no fundo do palco, ou circulando pelo cabaré. O casal prossegue:

CASAL: Não perdoa também,
meus tolos escândalos.
Não gosta de shows,
mas ama meu coração,
quando aberto e singelo.
Deseja ver-me no palco,
mas odeia que eu
Esconda-me na exibição.

Meu destino e eu...
Temos muito que conversar.

Entreolham-se ternamente e abraçam-se, enquanto choram baixinho. Os deuses olham-nos com severidade e alguns deles se aproximam.

Prossegue o casal:

CASAL: Sou eu quem deve...
Por que nasci nesta terra?
Por que sou filho de quem sou?
Mas foi aqui que realizei
a maior paixão da minha vida e...

O coro entra de supetão na récita do casal e todos juntos, em uníssono, declamam o final do poema, olhando solenemente para a plateia, como se estivessem declamando um hino.

Coro, casal e todos os presentes no cabaré:

TODOS: O destino e sábio.
Sou eu quem sou burro!
Há muitos anos estou
em fuga de mim mesmo.
Sim, de mim mesmo me escondi,
há muitos anos... tantos,
tantos, que já perdi a conta!
Ainda guardo o original
desse horrível desastre !
Estou em rota de colisão
comigo mesmo...
Há tanto tempo...
Minha burrice fundamental
sempre foi confiar na razão,
que é completa enganação
para as coisas da vida.
Desprezei a intuição,

que sempre me alertou,
esperneou e avisou!
E eu sempre a mandei calar a boca.
Meu destino era puro instinto,
que sempre evoluía
para a mais delicada intuição!

Abraçam-se fortemente, enquanto dançam ao som da música. Segue a cena com o ***"Poema do Eros Bacanal"***:

CORO: Onde está aquele humano de verdade?

TODOS DO CABARÉ:

Sim, aquele sonhador,
aquele que em mil bacanais se expande
e sempre renasce em purificação erótica!
Sim! Eros purifica, somente ele purifica;
E não o trabalho!
E não a castidade!
Menos ainda esta...
(risadas com desdém)
Vida familiar!
(risadas)
Só o verdadeiro Eros purifica!
E não trepar como animais!
Como esses moleques...
(risadas)
e esses adultos estúpidos fazem hoje...
Aliás, há muito tempo!
Eros verdadeiro liberta,
é aquele feito de entrega radical,
que não mede interesse,
nem conveniência!
Ama porque ama - infinitas vezes!

Eros abandona quem desacredita;
Eros abandona quem joga aos ventos
os talentos que ganhou dos deuses!
Eros abandona
quem não exercita seus talentos!
Eros tem ódio de quem usa e acoberta!
Eros abandona
os preguiçosos e os esquecidos
e então o corpo reclama,
doendo e enfraquecido!
É a doença que abraça...!
(desdém)
Assim Eros tira a paixão de viver!
Aos traidores de Eros... a morte!!!
Tanta gente à toa...
Eros abomina
quem deseja apenas minutos de prazer.
Mas odeia também...
Os que juram eternidades!
Eros ama quem se entrega,
sem saber por quanto tempo;
sem saber onde e nem por que.
Eros ama os radicais,
que tudo entregam e nada requisitam!
Eros encanta e entrega à sorte do destino!
Eros odeia quem não ama seu destino
e abomina quem dele foge!
Este planeta é perigoso!
Ele desnuda as raízes,
para a seguir secá-las.
Nada aqui resiste ao novo
e esse maldito novo

desconhece quem o pariu!
E pretende ser eterno,
num futuro de minutos.
E assim por diante...
É irônico...
Sempre que alguém
se prepara para morrer,
o destino oferece uma paixão...
Eros fertiliza-se com a morte!
É assim que renasce
em toda a sua potência.
(Pausa).
Eros consome vidas,
em sua pira imortal...!
O fogo das paixões, alimenta-se da morte!

CENA 10: DO APOCALIPSE

Música: "O Canto das Sibilas Catalunhas"

Soam sinos, prepara-se a cena final. Caem as luzes, enquanto repentinamente surgem clarões ao fundo.

Todos se entreolham, assustados sem compreender com clareza o que está acontecendo. Surgem deuses ao fundo, chamando os que estavam entre os frequentadores do cabaré. Os homens, naturalmente, não podem ouvi-los; pressentem apenas que algo apocalíptico está para acontecer.

Entra em cena Zeus, que declara solene:

ZEUS: Vamos, meus filhos; já está na hora!
Já basta; esta foi a última vez
que deuses e homens sentaram-se,
lado a lado, na mesma mesa.
Vamos embora para o céu;
É lá nossa morada!

AFRODITE: Mas pai, vamos deixá-los?
Estão completamente abandonados
e sem destino para seguir!
Que será deles assim?
Vão acabar matando-se uns aos outros!

DIONISO: Vão morrer de solidão e abandono.
Sem os deuses, como aprenderão
as alegrias do encontro
e os mistérios do outro?

ATENÁ: Morrerão na escuridão e na ignorância!

APOLO: Sim, pai! Quem iluminará seus caminhos?
Quem lhes revelará
as misteriosas sendas do futuro?
Sem profetas e sem messias,
estarão para sempre perdidos!

ZEUS: Pois que busquem seu destino
e reencontrem-no aqueles que quiserem!
Os que desejam e tem fé
que venham de encontro a nós!
Já fizemos muito em dar-lhes vida.
Demos-lhes ainda o poder criador!
Foram eles que recusaram
os destinos que lhes reservamos!
Seja como querem os homens!
Sejam eles os donos de seus destinos!
E... que arquem com as consequências!
Deuses e homens,
não nasceram para viver juntos!

Entrementes, todos os personagens do cabaré estão inquietos, como que pressentindo algo terrível em vias de acontecer.

Um personagem do balcão dirige-se para seu vizinho:

PRIMEIRO: Você não está sentindo nada?
Há algo de estranho no ar!

SEGUNDO: O que? O que será?
Algo me aperta o peito, sim!

Subitamente, uma mulher levanta-se da mesa, começa a percorrer as outras mesas e, com um ar de louca visionária, declara aos berros:

LOUCA: Deuses! Onde estão vocês,
que sempre me ampararam!
Sinto-me só como nunca!
O que está acontecendo?

E prossegue, sacudindo as pessoas de mesa em mesa, pedindo desesperadamente que lhe respondam.

As musas tudo acompanham com atenção e, quando a mulher exausta em seu desespero volta a sentar-se e debruça-se sobre uma mesa, entreolham-se. Estão aterrorizadas também, e visivelmente desesperançadas. Sentam-se no chão e, olhando para a plateia, fazem a declaração final, enquanto os deuses se retiram, e os personagens do cabaré misturam-se sorrateiramente ao público e as luzes fenecem.

CORO: Tudo se cumpriu.
A maldição de Prometeu
em toda a humanidade penetrou!
Eis-nos aqui,
pelos deuses abandonados!
Eis-nos condenados a buscar,
sem descanso, nosso destino!
Eis-nos condenados a buscar
um sentido, para esta vida árdua e mortal!!
As musas desfalecem. Blecaute. Desce o pano.

BIBLIOGRAFIA

Apollodórou: *Bibliothéke;* Atenas, Ed. Afon Tolidi O. E., 1984.

Omérou: *Iliáda;* Trad. para o grego moderno de N. Kazantzakis, Atenas, Ed. Didaktikón Biblíon, 1990.

Ioán Stamatákou: *Lexikón tes Arxaías Ellenikés Glóssis (Dicionário da Língua Grega Arcaica);* Atenas, Ed. O Foínix, E. P. E. 1972.

Ioannou Rispen: *Elleniké Mythologgia;* Atenas, Ed. Pergaminai, 1954.

Thoukidídou (Tucídides): *Pindáro Apospásmata (Píndaro-Fragmentos);* Atenas, Ed. Papyros, 1953.

Hesíodo: *Teogonia; Trabajos y Dias; Certamen; Escudo;* Madrid, Alianza Editorial, 1986.

Platão: *Diálogos - Mênon, Simpósio, Fedro;* Rio de Janeiro, Ed. de Ouro, 1974.

Hermes Trimegistos: *Corpus Hermeticum - A Tábua de Esmeralda;* São Paulo, Ed. Hemus, 1988.

Marcel Detienne: *Os Mestres da Verdade na Grécia Arcaica;* Rio de Janeiro, Jorge Zahar Editor, 1982.

J. P. Vernant: *A Morte nos Olhos;* Rio de Janeiro, Jorge Zahar Editor, 1988.

J. P. Vernant: *Mito e Pensamento entre os Gregos;* São Paulo, Ed. da Universidade de São Paulo, 1973.

J. P. Vernant, P. Vidal-Naquet: *Mito e Tragédia na Grécia antiga - I e II;* São Paulo, Ed. Brasiliense, 1988.

Mircea Eliade: *Mito e Realidade;* São Paulo, Ed. Perspectiva, 1986.

Joseph Campbell: *As Máscaras de Deus;* São Paulo, Ed. Palas Athena, 1992.

A. Jaá Torrano: *O Sentido de Zeus;* São Paulo, Ed. Iluminuras, 1996.

Fernand Robert: *A Religião Grega;* São Paulo, Ed, Martins Fontes, 1988.

Werner Jaeger: *Paideia: A Formação do Homem Grego;* São Paulo, Livraria Ed. Martins Fontes, 1986.

Édouard Schuré: *Os Grandes Iniciados (8 vols.);* São Paulo, Martin Claret Ed., 1987.

Varios autores: *Revista - La Puerta: La Tradición Griega;* Barcelona, Ed. Obelisco, 1992.

H. P. Blavatsky: *A Doutrina Secreta (6 vols.);* São Paulo, Ed. Pensamento, 1989.

Eduard. F. Edinger: *The Eternal Drama - The Inner Meaning of Greek Mythology;* Boston, Random House Ed., 1994.

Paul Diel: *O Simbolismo na Mitologia Grega;* São Paulo, Attar Editorial, 1991.

Viktor D. Salis*: Édipo: Messias ou Complexo?*; São Paulo, Sattva Editora, 2017.

Viktor D. Salis: *Paideia nos 12 trabalhos de Hércules: caminhos para formar um jovem ético e criador*; São Paulo, Sattva Editora, 2017.

Viktor D. Salis: *Mitologia viva: Aprendendo com os deuses a arte de viver e amar*; São Paulo, Editora Nova Alexandria, 2003.

Os autores abaixo foram consultados a partir de originais gregos:

Pisandro de Rhodes: *Heracléa.*

Pausânias: *Descrição da Grécia.*

Apolônio de Rhodes: *Biblioteca.*

SOBRE O AUTOR

Viktor D. Salis nasceu em Atenas, Grécia. Formou-se em Psicologia em 1971 pela PUC-SP e estudou Epistemologia Genética com Jean Piaget em Genève, Suíça, onde completou seu primeiro doutorado em 1977. Em 1981 estudou "A Fenomenologia dos Mitos" com Igor Caruso na Universidade de Salzburg, obtendo seu segundo doutorado.

Daí em diante, dedicou-se cada vez mais ao estudo das tradições e mitos das antigas civilizações gregas, egípcias, judaico-cristãs, caldaicas e orientais, buscando recuperar seu significado original, ou seja, fornecer chaves ao homem para a arte de viver e amar, e principalmente buscar respostas para o Enigma da Esfinge, que as ciências modernas não foram capazes de responder: Quem sou eu e que faço aqui? De onde venho? Para onde vou?

Por conhecer bem o grego antigo e o moderno, estuda e trabalha com os textos originais, dispensando as traduções e as adaptações. Domina também o inglês, francês, espanhol e lê o latim e o alemão. Escreveu diversas obras na área dos mitos e tradições arcaicas. Escreve peças de teatro baseadas nos mitos.

Trabalha como terapeuta num processo que denomina "Terapia Mítica", onde se busca o conhecimento de si e do outro através dos mitos arcaicos e se permite abrir as portas para a compreensão e a evolução do ser humano, conferindo-lhe o seu sentido cósmico.

Desenvolve também trabalhos na área da educação, buscando recuperar o ideal helênico de formar o homem "obra de arte, ético e criador", superando o homem tecnicista, materialista e angustiado do séc. XXI, e abrir-lhe novas possibilidades.

Mitologia • Psicoterapia mítica • Psicopatologia

Depressão • Síndrome do pânico • Consultoria executiva em educação

Ética empresarial • Treinamento

www.viktordesalis.pro.br • www.viktordesalis.com.br

Facebook: **Viktor David Salis**

E-mail: **vdsalis@gmail.com**

"

Nossa tradição relata apenas que Deus fez o mundo em seis dias e no sétimo descansou. Na Teogonia de Hesíodo (séc. VIII a.C.), no entanto, encontramos essa temática muito mais desenvolvida e polemizada.

Não vemos uma força divina única que se impõe, mas a história de inúmeras forças divinas - Titânicas - que lentamente lutam contra o Caos, ou contra forças anteriores, para impor a Criação.

As divindades anteriores, substituídas pelas posteriores, não morrem; são imobilizadas no Tártaro (região abissal, próxima do Caos primordial), para que essas forças internas não venham à tona. O desenrolar de 'No princípio era o Caos e então fez-se o mundo...' é aqui desenvolvido e explicitado no mais arcaico texto que dispomos, o livro de Hesíodo, A Teogonia - onde são descritas quatro Eras cósmicas e três dinastias divinas que se sucedem.

"
